MARIE QUI LOUCHE

Georges Simenon (1903-1989) est le quatrième auteur francophone le plus traduit dans le monde. Né à Liège, il débute très jeune dans le journalisme et, sous divers pseudonymes, fait ses armes en publiant un nombre incroyable de romans « populaires ». Dès 1931, il crée sous son nom le personnage du commissaire Maigret, devenu mondialement connu, et toujours au premier rang de la mythologie du roman policier. Simenon rencontre immédiatement le succès, et le cinéma s'intéresse dès le début à son œuvre. Ses romans ont été adaptés à travers le monde en plus de 70 films, pour le cinéma, et plus de 350 films de télévision. Il écrivit sous son propre nom 192 romans, dont 75 Maigret et 117 romans qu'il appelait ses « romans durs », 158 nouvelles, plusieurs œuvres autobiographiques et de nombreux articles et reportages. Insatiable voyageur, il fut élu membre de l'Académie royale de Belgique.

Paru au Livre de Poche :

Les 13 Coupables
Les 13 Énigmes
Les 13 Mystères
L'Âne rouge
Les Anneaux de Bicêtre
Antoine et Julie
Au bout du rouleau
Les Autres
Betty
La Boule noire
La Cage de verre
La Chambre bleue
Le Chat
Les Complices
Le Confessionnal
Le Coup de lune
Crime impuni
Le Déménagement
Le Destin des Malou
Dimanche
La Disparition d'Odile
En cas de malheur
L'Enterrement de Monsieur Bouvet
L'Escalier de fer
Les Fantômes du chapelier
La Fenêtre des Rouet
Feux rouges
Les Fiançailles de M. Hire
Le Fils
Le Fond de la bouteille
Les Frères Rico
La Fuite de Monsieur Monde
Les Gens d'en face
Le Grand Bob
Le Haut Mal
L'Homme au petit chien
L'Homme de Londres
L'Horloger d'Everton

Il y a encore des noisetiers
Les Innocents
Je me souviens
La Jument perdue
Lettre à ma mère
Lettre à mon juge
La Main
La Maison du canal
La Mort d'Auguste
La Mort de Belle
La neige était sale
Novembre
L'Ours en peluche
Le Passage de la ligne
Le Passager clandestin
Le Passager du Polarlys
Pedigree
Le Petit Homme d'Arkhangelsk
Le Petit Saint
La Porte
Le Président
La Prison
Les Quatre Jours du pauvre homme
Le Relais d'Alsace
Le Riche Homme
La Rue au trois poussins
Strip-tease
Tante Jeanne
Les Témoins
Le Temps d'Anaïs
Le Train
Le Train de Venise
Trois chambres à Manhattan
Un nouveau dans la ville
Une vie comme neuve
Le Veuf
La Vieille
Les Volets verts

GEORGES SIMENON

Marie qui louche

PRESSES DE LA CITÉ

Marie qui louche © 1951, Georges Simenon Ltd.
All rights reserved.

GEORGES SIMENON® **Simenon.tm** . All rights reserved.
ISBN : 978-2-253-13389-6 – 1re publication LGF

ized in any manner whatsoever without written permission except in the case of brief quotations embodied in critical articles and reviews.

PREMIÈRE PARTIE

1

Les gourmandises de Fourras

— Tu dors ?
Sylvie ne répondit pas, ne bougea pas, n'eut pas un frémissement. Elle respira seulement un peu fort, pour donner le change, mais il n'y avait pas beaucoup d'espoir que la Marie s'y laissât prendre.
— Je sais que tu ne dors pas.
La voix de Marie était calme, monotone, vaguement plaintive, comme la voix de certaines femmes qui ont eu des malheurs.
— Tu le fais exprès de ne pas dormir, continuait-elle dans l'obscurité de la chambre.
Comment avait-elle pu deviner ça ? Elle n'était pas intelligente. Après quinze jours qu'elles travaillaient toutes les deux aux *Ondines*, elle ne savait pas encore mettre correctement le couvert, et pourtant Dieu sait si elle se donnait du mal pour bien faire. On pouvait dire qu'elle était bête. À l'école, elle essayait si fort de comprendre qu'elle s'en rendait malade et, quand on l'interrogeait, elle restait la

bouche ouverte, éperdue, ses petits yeux sombres fixés sur un coin du tableau noir, puis elle éclatait en sanglots.

À dix-huit ans, elle avait à peine changé et tremblait devant Mme Clément, comme elle avait tremblé devant la maîtresse d'école.

Elle n'en devinait pas moins tout de ce que Sylvie pensait, surtout les choses vilaines ou malpropres qu'on ne s'avoue pas à soi-même, et elle en parlait tranquillement, sans jamais douter d'elle.

— Qu'est-ce que tu attends ? questionnait-elle du fond de son lit où elle devait, comme à son habitude, être couchée sur le dos, dans la pose d'une morte.

Et Sylvie, qui craignait que Marie tournât le commutateur, préféra répondre d'une voix boudeuse :

— Je n'attends rien.
— Ce n'est pas vrai.
— Qu'est-ce que j'attendrais ?

La marée était basse, car on entendait le bruissement lointain des vagues, et, par la fenêtre entrouverte, arrivaient des bouffées d'air qui sentaient la vase, une curieuse odeur que les deux filles n'avaient connue qu'à Fourras, qui rappelait celle de la plonge quand on avait servi des moules aux pensionnaires.

Pourquoi la Marie ne s'était-elle pas endormie tout de suite ? Elles ne couchaient pas dans la maison principale, mais dans un bâtiment bas, probablement une ancienne écurie, qu'un jardin encombré de tamaris et de lauriers-roses séparait de la pension.

Leur logement comportait deux pièces, avec chacune une fenêtre et une porte donnant sur le dehors. Dans la seconde, Mathilde, la servante qui portait des bas de laine noire maintenus par des cordons rouges au-dessus des genoux, ronflait déjà depuis neuf heures.

Elle était la première à se coucher, parce qu'elle ne s'occupait pas de la salle à manger, mais des étages, et qu'elle commençait à six heures du matin. C'était une femme de quarante-cinq ans au moins, qui avait été procurée par un bureau de placement de La Rochelle, ne parlait pas volontiers, grommelait entre ses dents, considérait les gens comme des fous, qu'il s'agît des pensionnaires, des Clément ou des filles. Il y avait deux portraits de jeunes hommes au-dessus de son lit, un marin et un gendarme. C'étaient ses fils. C'est tout ce qu'on savait d'elle.

Sylvie finissait son travail vers neuf heures et demie, car elle était chargée de la salle, c'est-à-dire du service de table, tandis qu'à cette heure-là Marie avait encore à laver la vaisselle.

Quand Marie était rentrée dans la chambre, Sylvie était déjà couchée, avec l'air de quelqu'un qui ne désire pas bavarder.

— Tu as sommeil ?
— Oui.
— Eh bien ! dors, ma fille !

Marie s'était déshabillée en un tournemain après avoir éteint la lumière, car il n'y avait pas de rideaux à la fenêtre.

— Bonsoir.

— Bonsoir.

Qu'est-ce qui lui avait mis dans la tête que Sylvie n'allait pas dormir ? Et pourquoi était-elle si sûre que son amie attendait quelque chose ? Ce qu'il y avait de plus exaspérant chez elle, c'est qu'elle ne posait pas ses questions bout à bout comme la plupart des personnes curieuses. Elle laissait passer de longs moments pendant lesquels, dans le noir, elles entendaient toutes les deux le murmure de la mer et, contre la cloison, le ronflement de Mathilde.

— Tu ne l'as pas fait entrer ?
— Qui ?
— Je parle de Louis, non ?
— Pourquoi l'aurais-je fait entrer ?
— Il est venu. Je l'ai vu par la fenêtre.

Car, de l'arrière-cuisine où se trouvait la plonge, on pouvait apercevoir le logement des bonnes.

— Et tu l'as vu entrer ?
— Non.
— Alors ?
— Alors rien !

Elles se connaissaient depuis le temps où elles étaient toutes petites ; elles étaient nées, près des remparts de Rochefort, dans deux maisons voisines et presque identiques, s'étaient assises ensuite sur les bancs de la même école. Toujours Marie avait parlé de cette voix-là, toujours elle s'était obstinée à dire, posément, tout ce que les gens n'aiment pas entendre. Est-ce parce qu'elle était laide et qu'elle louchait ? Des gamines, en classe, s'écartaient d'elle, prétendant qu'elle avait le mauvais œil.

— Tu n'as pas éteint la lumière pour te déshabiller.

— Comment le sais-tu ?

— Parce que M. Clément a regardé tout le temps par ici.

— Ce n'est pas ma faute s'il n'y a pas de rideaux.

— Il le fait exprès de ne pas en mettre, tu l'as dit toi-même.

— Est-ce une raison pour que je me déshabille dans le noir ? Si tu te lavais la figure et les dents avant de te coucher, tu aurais besoin de lumière aussi. Tout le monde ne peut pas être sale.

Que le silence de la Marie était éloquent ! Sylvie l'entendait presque penser. Et c'était vrai, c'était toujours vrai ! Elle le faisait exprès de ne pas éteindre. Elles détestaient leur patron, M. Clément, un ancien chauffeur de taxi parisien marié à une cuisinière qui avait racheté *Les Ondines.* Il était plus vulgaire que tous les hommes qu'elles avaient rencontrés, même les ivrognes que, gamines, elles voyaient sortir de la maison à gros numéro, pas loin de chez elles. Il était petit, gras, toujours luisant, avec de gros yeux inquiétants. Vis-à-vis des pensionnaires, il se montrait obséquieux à en soulever le cœur, leur offrait des petits verres et essayait de les faire rire ; devant sa femme, il prenait une démarche oblique et, dès qu'elle avait le dos tourné, rôdait autour des bonnes en respirant fort.

Il était lâche, cruel ; elles l'avaient découvert toutes les deux quand il avait donné de tels coups de bâton à un chien errant qui fouillait les poubelles que l'animal avait eu l'échine brisée et qu'on avait dû l'achever. Lui, tout fier, leur avait adressé un clin d'œil triomphant.

Marie avait-elle deviné que Sylvie en avait peur ? Et que cela ne lui déplaisait pas d'avoir peur ? Que, par exemple, si elle avait été sûre que Mme Clément surviendrait au bon moment, elle se serait peut-être arrangée pour qu'il s'enhardît ?

Le temps était étrange. Les chaleurs d'août étaient passées. La saison touchait à sa fin. Les chambres gardaient la moiteur tiède de la journée, mais l'air qui se glissait par la fenêtre était glacé. Dans trois semaines, il n'y aurait plus personne à la pension, et on fermerait. Déjà deux familles étaient parties, et leurs chambres n'avaient pas été réoccupées.

— Le patron a vu Louis s'approcher de la fenêtre.

— Qu'est-ce que cela peut me faire ?

— Il est jaloux.

— Cela ne me regarde pas. De quel droit serait-il jaloux ?

— Tu le sais fort bien.

Il y avait des moments, comme celui-là, où Sylvie aurait aimé casser un bâton sur le dos de son amie, elle aussi. C'était clair que M. Clément était jaloux. S'il ne pouvait profiter des bonnes, il entendait que personne n'en profitât. Surtout chez lui ! Des filles à son service ! C'était au point que, quand il voyait un pensionnaire seul avec Sylvie, dans la salle ou ailleurs, il se hâtait de surgir sous un prétexte ou sous un autre.

Pourquoi n'aurait-il pas été jaloux de Louis aussi, qui n'avait que vingt-trois ans ? Parce que Louis était plus ou moins simple d'esprit et que, la semaine précédente encore, il avait piqué une crise d'épilepsie !

Cela n'empêchait pas Louis de rôder presque chaque soir dans le jardin, en choisissant le moment où Sylvie était seule dans sa chambre. Malgré sa grande carcasse osseuse et ses bras démesurés, il était aussi souple et aussi silencieux qu'un chat.

Toujours, pourtant, Sylvie sentait sa présence, feignait de ne pas s'en apercevoir. La Marie avait-elle deviné ces petits détails aussi ? Lui était-il arrivé de ressentir la même chose ? Était-il possible que cette fille sans hanches, dont on voyait les côtes et qui avait deux poches molles en guise de seins, eût des instincts de femme ?

Sylvie, c'était vrai, continuait à se déshabiller, dans la lumière, devant le miroir qui surmontait leur table de toilette, juste en face de la fenêtre. Et, au lieu de passer tout de suite sa chemise de nuit, elle traînait longtemps la poitrine nue, la poitrine seulement, car cela lui serrait encore la gorge d'en découvrir davantage, même devant Louis. Elle savait qu'elle avait une poitrine magnifique, prenait plaisir à la regarder, à la saisir à pleines mains.

Louis s'approchait toujours davantage, jusqu'à être debout, dehors, dans la tache de lumière qui avait la forme de la fenêtre.

Il n'aurait pas dû se trouver là. Il vivait avec sa mère un peu plus loin, près du port, dans une maison de deux pièces. Tiens ! Alors que pour toutes les autres on employait le prénom, pour elle on disait Mme Niobé, une petite femme au visage crayeux, vêtue de noir, qui venait le matin, repartait le soir et faisait les plus gros travaux comme s'ils lui avaient été de tout temps destinés. Est-ce que les Clément payaient son fils aussi ? Sans doute lui donnaient-ils de temps en temps la pièce en plus de ses repas, pour aller au village avec la brouette chercher les provisions, casser le bois, ratisser le jardin.

Il avait deux têtes de plus que sa mère, et on lui parlait comme à un enfant de huit ans ; il avait l'intelligence, le caractère, les yeux clairs et naïfs d'un enfant de huit ans.

— N'ayez pas peur, disait-il, suppliant, à Sylvie, quand elle se tournait enfin vers lui en feignant de le découvrir et en portant les deux mains à sa poitrine.

— Je n'ai pas peur, Louis.

L'instinct ne le pousserait-il pas un soir à franchir la fenêtre ouverte qui les séparait ?

— Ne les cachez pas encore !

Il disait cela avec une ferveur étrange. Jamais il n'employait le mot, de sorte que les seins, pour quelques instants, devenaient une chose à part, presque immatérielle.

— Ne les cachez pas, mademoiselle Sylvie.

Peut-être, à l'église, regardait-il avec les mêmes yeux la chaste statue de la Vierge dans la lumière tremblotante des bougies.

Maintenant, dans le noir, la voix de Marie prononçait :

— M. Clément est resté plus de dix minutes à regarder par ici.

— Et après ? Qu'est-ce que cela peut te faire ?

— Demain, pour se venger, il sera encore brutal avec Louis.

— Ce n'est pas moi qui ai demandé à Louis de venir.

— Qu'est-ce que tu attends ?

Pour gagner du temps, elle lança :

— Qu'est-ce que j'attendrais ?

— Pourquoi as-tu évité de t'endormir ?

— Sans doute parce que je n'ai pas pu.

— Ce n'est pas vrai.

— Tu m'ennuies.

— Je ne dirai plus rien.

Marie dut changer la position de ses mains, car on entendit le froissement du drap. Ce fut Sylvie, quelques minutes plus tard, qui murmura avec une quasi-humilité :

— Quelle heure est-il ?

— Je l'ignore. Allume et tu verras.

Le réveille-matin était entre elles deux, sur la table de nuit, avec ses pulsations précipitées.

— Je ne veux pas allumer.

— Pourquoi ?

— Pour rien.

— Qu'est-ce que tu as fait de mal ?

— Je n'ai rien fait du tout.

— Alors laisse-moi dormir. Bonsoir.

Encore des minutes. Le jardin était obscur, silencieux, et, au-delà des tamaris, il n'y avait aucune lumière aux fenêtres de la pension.

— Marie !
— Quoi ?
— Quand tu es partie, tout à l'heure, est-ce que M. Clément a fermé la porte ?
— Bien sûr.
— Tout le monde était monté ?
— Sauf lui.
— Il est monté tout de suite après ?
— Je ne lui ai pas demandé.
— Mme Clément avait fini sa caisse ?
— Il y avait un quart d'heure qu'elle était dans sa chambre.
— Merci. Bonne nuit.
— Tu ne vas quand même pas dormir.
— Pourquoi ?
— Parce que !

Comme pour lui donner raison une fois de plus, il y eut soudain du bruit dans la pension, et Sylvie, au lieu de se dresser, s'enfonça peureusement au plus profond de son lit. Marie, elle, avait quitté le sien et, pieds nus, s'était précipitée vers la fenêtre.

— Qu'est-ce qui se passe ?
— Je ne sais pas. On a allumé.
— Où ?
— Dans le garde-manger. J'ai entendu des bruits d'assiettes cassées. On dirait que deux hommes sont en train de se battre.
— Tais-toi ! Tu m'empêches d'entendre.

— On n'entend plus rien. On allume dans la chambre de Mme Clément. J'aperçois la silhouette de la patronne qui se dirige vers l'escalier.

— Tu ne vois plus les hommes ?

— Seulement la tête de M. Clément. Voilà sa femme qui monte.

C'était une assez grande pièce, au rez-de-chaussée, toujours fermée à clef, où on serrait les provisions et où il y avait une immense glacière de boucher que les patrons avaient achetée à une vente.

— Pourquoi ne te lèves-tu pas ?

— Parce que je n'en ai pas envie.

— Avoue que tu as peur.

— Non.

— Qu'est-ce que Louis est allé faire dans le garde-manger ?

— Pourquoi Louis ?

— La lucarne est ouverte.

— Cela ne prouve rien.

— Tu mens ! constata la Marie en haussant les épaules. Ils discutent là-bas, mais je ne peux pas comprendre ce qu'ils disent. Le vieux M. Thévenard a éclairé et a dû aller ouvrir sa porte pour demander ce qui se passe.

— Qu'est-ce qui se passe ?

— Je ne vois plus rien.

— Ils ont éteint ?

— Dans le garde-manger, oui.

Marie marcha jusqu'au milieu de la pièce. Sylvie ne faisait que l'entendre sans la voir.

— Je peux allumer, maintenant ?

— Non.
— Tu pleures ?
— Non.
— Tu n'as pas envie de pleurer ?
— Je me demande ce qu'il y a eu.
— Qu'as-tu dit à Louis ?
— Laisse-moi tranquille.
— Comme tu voudras. C'est ton affaire, pas la mienne.

Pour la troisième fois au moins, ce soir-là, Marie soupira :

— Bonne nuit !

Elle était à peine recouchée que la lumière, celle de la chambre des Clément, s'éteignait. Est-ce que Sylvie allait s'endormir sans essayer de savoir ?

— Marie !
— Je dors.
— Que crois-tu qu'ils feraient s'ils trouvaient Louis dans la maison ?
— Comment le saurais-je ?
— Tu crois que M. Clément serait capable de le tuer ?
— Tu t'excites encore à faire du roman.
— Je ne fais pas de roman. J'ai peur.
— Il ne fallait pas l'y envoyer ! Tu l'as fait exprès. Justement pour qu'il se passe quelque chose qui rende ta vie intéressante.
— C'est faux.
— Bonsoir.
— Tu me détestes ?

— Si je te détestais, je ne serais pas venue ici avec toi.
— Pourquoi m'as-tu suivie ?
— Je ne t'ai pas suivie. Tu as proposé que nous nous embauchions ensemble pour la saison, et je t'ai accompagnée. Ce n'est pas pareil.
— Tu me méprises ?
— Non.
— Tu penses que je veux du mal à Louis ?
— Quel mal pourrais-tu lui vouloir qu'il n'ait déjà ?
— Tu crois que son père est vraiment en prison ?
— On me l'a dit comme à toi.

C'était une histoire ancienne, vieille de dix ans au moins, et on n'en parlait plus guère dans le pays. Ce que les deux filles en connaissaient, c'était par M. Clément qui y faisait allusion chaque fois qu'il avait des reproches à adresser à Mme Niobé ou à Louis, et, de celui-ci, il disait férocement :

— Fils d'assassin !

Le père de Louis, le mari de Mme Niobé, était jadis matelot à bord du *Saint-Georges*, le cotre qui faisait encore la pêche au large de l'île d'Aix et qu'on voyait chaque matin rentrer au port. Il aurait tué un homme, à l'île d'Aix, justement, où le bateau s'était abrité par mauvais temps. Les uns prétendaient qu'il était ivre, d'autres qu'il avait eu une de ces crises de paludisme, car il avait rapporté les fièvres de son service en Indochine. Le drame s'était déclenché à propos d'une fille de salle, une rousse, qui tenait à présent l'auberge, car elle avait épousé le fils du patron.

Est-ce que Mme Niobé allait voir son mari en prison ? Est-ce qu'elle lui envoyait des douceurs ?

Croyait-elle, comme M. Clément, que la graine d'assassin produit nécessairement des assassins ?

Demain matin, Mathilde se lèverait la première, alors qu'il ne ferait pas encore jour, et, après s'être ébrouée au-dessus de sa cuvette d'eau glacée, se dirigerait vers la pension afin d'allumer le feu pour les petits déjeuners. Puis, une demi-heure plus tard, Mme Niobé arriverait, son éternel parapluie noir à la main, le chapeau sur la tête, car elle ne sortait jamais sans chapeau.

Le vieux M. Thévenard, un quincaillier du Raincy, dans la banlieue de Paris, s'en irait bientôt après, avec ses lignes et son pliant, prendre place au bout de la jetée.

— Suppose qu'il appelle la police, Marie.

— C'est à peu près sûrement ce qu'il fera. La police ou les gendarmes. Il n'a pas voulu déclencher un scandale en les prévenant au beau milieu de la nuit.

— On le mettra en prison ?

— Ou bien dans un asile.

— Marie !

— Est-ce que tu vas me ficher la paix ?

— Tu es dure avec moi. Je suis malheureuse.

— Tu mens.

— Je te jure que je suis malheureuse.

— Tu as peur, un point c'est tout.

— Peur de quoi ?
— Je ne sais pas. De tout. De la bêtise que tu as faite.
— Tu sais ce que j'ai fait ?

Silence. Mathilde, à côté, dérangée dans son sommeil, frappait quelques coups sur la cloison.

— Je te donne ma parole d'honneur, balbutia Sylvie, que je ne me suis pas rendu compte. Je me demande même comment cela a pu me passer par la tête. Je me suis souvenue de l'odeur de la cuisine cet après-midi et j'ai pensé que c'était le jour des religieuses.

La Marie dut être intéressée, car elle s'assit sur son lit, puis, parce que Mathilde grognait, à côté, et que Sylvie baissait la voix, elle vint s'asseoir au bord du lit de son amie.

Tous les mercredis, c'était une tradition à la pension, Mme Clément faisait des religieuses, deux pleines fournées qui constituaient le dessert pour deux jours. C'était un peu son triomphe. Les pensionnaires en parlaient, lui demandaient sa recette, prétendaient qu'on n'en trouvait pas d'aussi bonnes chez les pâtissiers de Paris ou de Bordeaux.

Mme Clément les comptait, ne se résignait à en servir aux bonnes que lorsque, par aventure, il en restait une ou deux le vendredi matin.

— C'est ça que tu l'as envoyé chercher ?
— Oui.
— En passant par la lucarne ?

Cette lucarne, ronde, étroite, était placée si haut dans le mur qu'on ne jugeait pas nécessaire de la

23

fermer, et il semblait que seul un acrobate professionnel aurait pu s'introduire dans la maison par cette voie.

— Il n'y avait pas d'autre moyen d'entrer.
— Il a accepté ?

Un temps. Sylvie ne répondait pas. Nul ne voyait le visage de l'autre. Et alors, comme toujours, d'une voix neutre, vint la question de la Marie, la question à laquelle personne sans doute n'aurait pensé, mais que Sylvie, raide et froide dans les couvertures, attendait.

— Qu'est-ce que tu lui as promis ?
— Pas ce que tu crois.
— Ah !
— Seulement de toucher.
— Toucher quoi ?
— Tu le sais bien. Il me regardait comme un affamé et, à la fin, il m'a demandé la permission de toucher, juste un instant. Il en avait tellement envie que les larmes lui montaient aux yeux.
— Tu ne l'as pas laissé faire ?
— Je lui ai répondu...
— ... qu'il aille d'abord dans le garde-manger chiper des religieuses ? C'est pour ça que tu attendais en t'efforçant de ne pas dormir ? Tu l'aurais laissé toucher ?
— Je n'y ai pas réfléchi. Je suis malheureuse, Marie ! Ne me parle pas durement. Il y a tant de choses de moi que tu ne soupçonnes pas !
— Tu crois ?

— Certains jours, je me fais honte. Est-ce que je t'ai jamais avoué que je déteste ma mère, que je l'ai toujours détestée, que j'ai souvent souhaité qu'elle meure et que, toute ma vie, je l'ai fait exprès de... Où vas-tu ?

— Dans mon lit.

— Pourquoi me quittes-tu brusquement ?

— Parce que tu recommences.

— Je recommence quoi ?

— À jouer la comédie. Pleure, ma fille ! Ne te gêne pas pour moi ! Mouche-toi un bon coup. Sors-moi une bonne méchanceté pour te soulager, et je parie que, dans dix minutes, tu seras endormie.

— Tu me hais encore plus que je ne hais ma mère.

— Bonne nuit !

— Demain, je m'en irai.

— C'est cela !

— Toute seule.

— Parfait.

— Tu n'entendras plus parler de moi.

— Tant mieux !

— Tu es orgueilleuse.

— Sans blague !

— Tu te figures que tu sais tout et tu... tu...

— Et je ne suis qu'une fille qui louche ! Dis-le, va ! Ça y est ? À présent, si tu ne me laisses pas dormir, je vais aller demander à Mathilde une petite place dans son lit.

Il en fut comme les autres matins. Le bruit de la mer s'était rapproché, et les mouettes volaient au-dessus des arbres. Dans le port, on entendait le toussotement d'un moteur qui ne partait pas.

Mathilde s'ébroua, s'habilla, et la Marie se leva au moment où la porte de leur voisine se refermait bruyamment. Le jour commençait à poindre, et le brouillard venait du large comme une fumée.

Il n'y avait qu'une cuvette pour deux, et c'était toujours Marie qui s'en servait la première. D'habitude, elle était prête avant que Sylvie se réveille et était obligée de la secouer avant de quitter la chambre.

— Surtout, prends garde de ne pas te rendormir !

Ce matin-là, tandis que Marie s'habillait, Sylvie avait les yeux ouverts, mais ne disait rien, restait enfoncée dans son lit, avec le mauvais goût de ses inquiétudes de la veille.

— Voilà Mme Niobé qui arrive, annonça Marie, indifférente.

Ce n'était pas son heure. La mère de Louis était d'environ trente minutes en avance.

— Elle a rejoint Mathilde au pied du perron et lui parle. Mathilde hausse les épaules avec l'air de répondre qu'elle ne sait pas.

— Tu le fais exprès ?
— De quoi ?
— De me dire ça sur ce ton-là ?
— Quel ton ?

Sylvie n'osa pas prononcer les mots « oiseau de malheur », mais elle les pensait, peut-être à cause des cris rauques des goélands qui planaient en cercles au-dessus des tamaris.

— Mathilde ouvre la porte.

Mathilde avait une clef, les Clément ne descendaient d'habitude pas avant sept heures.

— C'est tout ?

— Pour le moment. Tu ne te lèves pas ?

Sylvie fut étonnée elle-même de la pudeur qui la saisit au moment de retirer sa chemise et s'arrangea pour que Marie ne vît pas sa poitrine.

— Je les connais, va ! Et le reste aussi ! Tu t'es assez promenée toute nue devant moi !

— Tu ne veux pas te taire ?

— Je sors. Je te préviens que, si tu te montres de cette humeur-là, tout le monde comprendra que c'est ta faute.

— Tu comptes probablement le leur dire ?

— Idiote !

— D'abord, je n'ai rien fait. Ce n'est pas moi qui...

— Mais non ! C'est moi !

Elle marcha soudain jusqu'à la porte, qu'elle ouvrit, fit quelques pas dehors en tendant le cou comme un oiseau.

— Marie !

Sylvie l'appelait en vain. La Marie marchait à pas précipités vers la pension qui venait soudain de perdre sa physionomie habituelle. On sentait confusément que les choses ne se passaient pas comme les autres jours, que les gens n'étaient pas à leur place, que le rythme de vie avait changé. Des voix résonnaient étrangement, et il y eut tout à coup le bruit caractéristique du vieux téléphone mural, dans le corridor, dont quelqu'un tournait la manivelle.

Personne, aux *Ondines*, n'avait jamais téléphoné à cette heure-là.

À mesure qu'elle s'approchait de la maison, Marie percevait plus distinctement les paroles prononcées.

— Allô ! La gendarmerie ? Je demande la gendarmerie, oui. Ici, M. Clément, le propriétaire des *Ondines*. La pension de famille ! Mais non ! Ce n'est pas ça du tout. Venez vite. Un malheur est arrivé. Je vous expliquerai. Il est indispensable que vous veniez tout de suite et que vous ameniez un médecin. C'est cela. Un docteur. C'est urgent. C'est même sûrement trop tard. Venez !

Il ne vit pas entrer Marie. Il ne devait rien voir, qu'une sorte de brouillard où passaient des visages blancs. Ses gros yeux étaient striés de rouge, et, bien qu'il n'eût sur le corps, comme tous les matins, que sa chemise, son pantalon et ses pantoufles de feutre, son visage luisait de sueur.

Des ampoules électriques étaient allumées.

Mme Clément venait seulement de descendre en peignoir violet, et des portes s'ouvraient en haut.

Mathilde, assise sur une chaise, dodelinait de la tête comme quelqu'un qui vient de recevoir un choc, tandis que Mme Niobé, debout sur un escabeau, dans le placard aux balais où on avait enfermé son fils la veille au soir en attendant de le remettre aux mains de la gendarmerie, coupait les bretelles avec lesquelles il s'était pendu.

À travers les tamaris qui s'égouttaient, on pouvait apercevoir, de l'autre côté du jardin, dans le cadre d'une fenêtre ouverte, le visage couleur d'aube de Sylvie.

2

Le 22 août 1922

La villa, style cottage anglais, était bâtie en brique d'un rouge sombre, couleur de sang coagulé, entourée d'un fouillis de verdure. Au-dessus de la porte principale, on avait accroché, en guise d'enseigne, un tableau qu'on avait dû découper dans le panneau d'une baraque foraine : deux femmes, une brune et une blonde, en costume de bain rayé qui recouvrait la moitié des bras et des jambes, souriaient comme à l'objectif devant trois rangs de vagues figées.

C'était sur le tableau que se détachaient les mots *Les Ondines*, cependant qu'un écriteau plus modeste et plus récent précisait : « Pension de famille, cuisine soignée, prix modérés. »

Les deux gendarmes arrivèrent les premiers, alors que, dans le petit jour, le brouillard se transformait en crachin. Ils roulaient à vélo, de front, aussi droits qu'à cheval, à une allure régulière ; d'un même mouvement, ils descendirent de leur machine, qu'ils allèrent gravement appuyer contre le mur. Bien que ne venant pas d'aussi loin qu'eux, le docteur Grimal n'atteignit la pension qu'au moment où ils y pénétraient, car il avait eu du mal, comme tous les matins, à mettre en marche le moteur de son auto.

Presque tous les locataires avaient eu le temps de descendre, même la dame aux deux enfants, qu'on appelait madame 6, parce qu'elle occupait la chambre 6, et qui aurait dû comprendre que ce n'était pas la place d'un gamin de cinq ans, turbulent et mal élevé, et d'une fillette de trois ans. Mais elle était incapable de leur faire entendre raison et elle ne put même pas les empêcher d'aller regarder le corps de tout près, ni d'émettre leurs réflexions.

L'odeur de la maison n'était pas celle des autres jours. Le drap mouillé, les bottes des gendarmes apportaient un relent de caserne, et ils avaient dû boire un petit verre en route, car ils sentaient l'alcool, tandis que les pensionnaires, sortis tout chauds de leur lit, avaient encore l'haleine lourde. Personne ne pensait à allumer du feu pour préparer le café.

Ce fut Mathilde qui finit par s'y résigner, après s'être signée et avoir lancé autour d'elle un regard écœuré. Quant à Mme Niobé, on évitait de la regarder. Elle n'avait pas pleuré, n'avait posé aucune question, laissé échapper aucune plainte, aucun mot. Elle restait là, farouche, près du corps immense de son fils, comme si elle avait encore à le défendre, et le docteur, qui la connaissait, n'osa pas l'écarter.

— Si tout le monde voulait sortir de la pièce... se contenta-t-il de prononcer, faisant exception pour elle.

La Marie surveillait à la fois M. Clément et la fenêtre. Sylvie n'était pas encore là. M. Clément, qui s'était servi à boire lui aussi, n'était pas rassuré, mais on aurait dit que la présence des gendarmes, avec leurs bottes luisantes et leur baudrier, lui rendait déjà confiance.

N'était-ce pas de Mme Niobé qu'il avait peur ? Se souvenait-il d'avoir vu, la veille, Louis à la fenêtre de la chambre des bonnes ? Est-ce qu'il remarquait l'absence de Sylvie ? Allait-il en parler ?

— Si elle n'est pas ici dans trois minutes, se promit Marie en regardant l'horloge, je vais la chercher.

Elle l'avait à peine pensé que Sylvie, penchant la tête sous la pluie fine qui se posait sur ses cheveux, traversait le jardin sans courir, sans se presser, évitant les branches mouillées, l'attitude calme, le teint frais, nette dans sa robe noire sur laquelle tranchait un tablier blanc.

Elle n'évita pas le regard de Marie, et le coup d'œil qu'elle lui lança n'était ni effrayé, ni suppliant, pas même interrogateur. Elle arrivait comme pour prendre son travail, ou mieux encore comme quelqu'un qui est en retard à la messe, tellement comme tous les jours que Marie ne put s'empêcher de hausser les épaules avec impatience.

— Je ne pouvais pas prévoir qu'il ferait une chose pareille...

C'était la voix de M. Clément, assis à une des tables de la salle à manger, où les couverts avaient été dressés la veille au soir par Sylvie pour le petit déjeuner. Un des gendarmes avait repoussé les tasses et les assiettes, sorti un calepin luisant et un crayon de sa poche.

— Le quantième sommes-nous ?

De toutes les images mémorables de la journée, ce fut probablement celle qui se grava le plus nettement dans l'esprit de Sylvie. En même temps que celui du gendarme, son regard alla au calendrier-réclame pendu derrière la caisse. Les caractères étaient très larges, très noirs : *jeudi, 22 août 1922.*

— Je venais à peine de me coucher quand j'ai entendu du bruit dans la maison et je suis descendu sur la pointe des pieds.

M. Clément avait aperçu Sylvie, mais sans paraître la remarquer plus que les autres. Le bois flambait dans le poêle de la cuisine, et on tournait le moulin à café. Une bouteille de calvados et des verres se trouvaient sur la table, près du calepin du gendarme qui écrivait avec une application d'écolier.

— J'ai su tout de suite que c'était dans le garde-manger et j'en ai ouvert la porte avec une clef.

— La porte n'avait pas été fracturée ?

— Il est entré par l'œil-de-bœuf.

Tout le monde était là, y compris les enfants de madame 6, et la petite fille regardait gravement le gendarme qui écrivait et qui avait aux pommettes des cercles rouges et réguliers comme un maquillage.

— Vous avez trouvé de la lumière dans la pièce ?

— Non. J'ai seulement deviné la forme d'un homme. Je me suis jeté dessus par-derrière.

Pourquoi la Marie fixait-elle obstinément son amie ? À quoi s'attendait-elle ?

— Il a frappé ?

— Je ne sais pas. Je ne peux pas vous dire. Il s'est débattu.

— Vous ignoriez s'il était armé ?

— Je ne le savais pas encore. Il ne l'était pas.

Maintenant, M. Clément, tout à fait à son aise, prenait conscience des réactions de l'auditoire.

— J'ignorais qui c'était. Ce n'est que quand j'ai pu tourner le commutateur que j'ai reconnu Louis.

— Qu'était-il venu chercher ?

Son hésitation n'échappa ni à Sylvie, ni à la Marie. On aurait même dit qu'avant de répondre il cherchait la première des yeux.

— Je me le demande.

— Il n'avait touché à rien ?

— Il n'en avait pas eu le temps. Je suis descendu tout de suite. Il a dû avoir du mal à se glisser par le vasistas.

— Je suppose que, du garde-manger, il aurait pu passer dans cette pièce-ci où se trouve la caisse ?

Sylvie savait si bien ce que Marie pensait qu'elle croyait l'entendre dire sans remuer ses lèvres minces : « Tu vas mentir ! »

Et c'était presque un mensonge qu'il faisait, en effet. Il y avait déjà un moment qu'il arrangeait la vérité et il était obligé de continuer.

— Il aurait pu, évidemment, en fracturant la serrure.

— Mais il n'en a pas eu le temps, répéta le gendarme, comme pour lui venir en aide.

— C'est cela.

On était d'accord. Cela allait tout seul.

— Ma première idée a été de vous téléphoner, puis j'ai pensé qu'il serait encore temps ce matin et je l'ai enfermé dans le placard aux balais, qui est vaste, comme vous avez pu vous en rendre compte, et où il ne risquait pas d'étouffer.

Ce fut Mme Clément qui apporta la cafetière. Elle vit d'abord la Marie, lui désigna les tasses sur les tables, les pensionnaires, puis, au moment de sortir de la pièce, elle aperçut Sylvie.

— Qu'est-ce que vous attendez pour donner un coup de main ?

Le docteur Grimal entrait à son tour dans la salle, suivi de Mme Niobé qui n'avait toujours aucune expression sur le visage. Il crut devoir confirmer par un signe que tout était fini depuis longtemps.

— À quelle heure le décès s'est-il produit, docteur ?

— Probablement aux environs de trois heures du matin.

À nouveau, les regards des deux filles se cherchèrent, et, des deux, c'était la Marie la plus pâle, avec, sous les yeux, des cernes qui lui mangeaient les joues comme si elle avait reçu des coups.

— Croyez-vous que, tel que vous le connaissiez, il ait pu s'introduire dans la maison sans aucun but défini ?

— C'est improbable.

— Nous devons donc conclure que l'effraction avait le vol pour mobile ?

Mme Niobé ne broncha pas. Elle se tenait droite, toute petite, vêtue de noir, et n'avait pas eu le temps de retirer son chapeau. On s'attendait presque à lui voir son parapluie à la main.

Pourquoi est-ce à ce moment-là que M. Clément se mit à chercher Sylvie ? Tout à l'heure, il avait hésité à répondre à une question précise en la frôlant du regard. Maintenant, sachant où elle était, il évitait de la regarder en face, mais c'était quand même à elle qu'il pensait, et c'était mauvais signe.

— Votre fils vivait avec vous, madame Niobé ?

Le gendarme, né dans un hameau voisin, ne l'ignorait pas, mais le demandait par habitude.

— Oui, monsieur.

— Je suppose que vous étiez au courant de son état ?

— Oui, monsieur.

Elle ne protestait pas, ne s'indignait pas, laissait tomber les syllabes dans le silence comme des cailloux sur de la glace, tandis que ses petits yeux sombres enregistraient ce qui se passait autour d'elle. Elle avait un peu les mêmes yeux que la Marie, Sylvie le constatait pour la première fois, brillants, mais sans mobilité et comme sans étincelle.

À cause de ces yeux-là, elle évita désormais de se trouver au premier rang et se mit à servir le café.

— Comment se fait-il que vous ne vous soyez pas inquiétée en ne le voyant pas rentrer la nuit dernière ?

— Je me suis inquiétée.

— À quelle heure ?

— Vers onze heures, onze heures et demie.

— Il rentrait souvent à cette heure-là ?

— Cela lui arrivait.

— Qu'est-ce que vous avez fait ?

— Je suis sortie et je suis venue voir s'il ne rôdait pas par ici.

Qu'est-ce que Marie était en train de penser ? Comprenait-elle le danger, elle aussi ?

— Vous n'avez rien vu ?

— J'ai seulement regardé par-dessus la barrière et, comme tout était obscur et qu'il n'y avait personne dans le jardin, je me suis dirigée vers le port.

— Il lui arrivait d'y rôder ?

— Parfois, par les nuits chaudes, il allait dormir sur un des bateaux.

— Bref, vous ne l'avez pas trouvé et vous êtes rentrée chez vous ?

— Oui, monsieur.

— Je présume que vous ne soupçonniez rien des desseins de votre fils ? Il ne vous avait pas mise au courant de ses intentions ?

— Non, monsieur.

— Je vous remercie. Je pense que vous pouvez faire transporter le corps chez vous.

Elle resta encore plusieurs secondes immobile, à les regarder tous, puis on la vit traverser la cuisine, où elle pensa à prendre son parapluie, et ensuite s'engager sur la route conduisant au village, maintenant luisante de pluie.

Le docteur la suivit de peu et, au premier tournant, lui proposa une place dans son auto. Il était assez vieux, barbu et pas très propre, toujours à moitié ivre dès six heures du soir.

Maintenant, il était à peine huit heures du matin et toute la maison était sur pied ; cela n'avança pas le travail, car les uns mangèrent tout de suite, comme ils étaient, d'autres, après avoir bu une tasse de café, montèrent s'habiller avant de prendre leur petit déjeuner, de sorte que le désordre régnait encore à dix heures quand des hommes, suivis de Mme Niobé, vinrent avec une civière chercher le corps de Louis.

Ce fut un soulagement pour tout le monde qu'il ne fût plus dans le chemin, car on n'avait pas osé le changer de place.

Deux ou trois fois, en faisant le service, la Marie, derrière les portes, essaya d'échanger quelques mots avec Sylvie, mais celle-ci paraissait ne pas comprendre. À la voir, on aurait dit qu'il ne s'était rien passé la veille, qu'elle n'avait fait aucune confidence à son amie, ou qu'elle se méfiait d'elle. On aurait même pu croire, tant elle était indifférente, qu'elles étaient deux bonnes qui travaillaient dans une même place, mais qui se connaissaient à peine.

Une fois, la Marie avait soufflé :

— Ce matin, j'ai cru que tu n'oserais pas venir et j'étais prête à aller te chercher.

Elle parlait sans remuer les lèvres, comme les habitués des églises.

— Je suis venue, non ?

Ce n'est que plus tard, vers onze heures, que Marie comprit. Cette fois-ci, la partie ne se jouait pas avec elle, mais avec M. Clément. Il était tout à fait d'aplomb, à présent, à nouveau capable de briser l'échine d'un chien errant. À ses yeux et aux yeux de certains pensionnaires, il était devenu une manière de personnage. Les petits verres qu'il avait bus, en profitant de ce que sa femme n'osait rien lui dire ce jour-là, lui faisaient les yeux encore plus globuleux que d'habitude, et c'était Sylvie que ces yeux-là poursuivaient avec insistance.

À cause de la pluie, personne n'était sorti, sauf le vieux M. Thévenard qui, en ciré de marin, un suroît sur la tête, était allé prendre sa place au bout de la jetée. Les autres erraient dans la maison, et tout le monde avait lu depuis longtemps les vieux magazines qui traînaient.

M. Clément avait menti quand il avait prétendu ignorer ce que Louis était venu chercher dans le garde-manger. La preuve, c'est qu'il avait hésité à répondre, peut-être exprès, pour faire comprendre à quelqu'un qu'il savait. Il avait remarqué les religieuses. Peut-être, quand il était entré, Louis en avait-il à la main ?

Dans ce cas-là, il avait sûrement compris.

— Tu crois qu'elle reviendra ?

Marie, qui savait de qui Sylvie voulait parler, faisait la bête. C'était Sylvie, cette fois, qui s'était approchée d'elle furtivement.

— Qui ?

— Mme Niobé.

— Elle reprendra son travail après-demain.

— Comment le sais-tu ?

— On me l'a dit à la cuisine. Mme Clément lui a posé la question, pour savoir si elle devait chercher une remplaçante.

Sylvie aurait mieux fait de se taire. Marie en profitait pour dire en la regardant de tout près :

— Cela te fait peur ?

Et elle n'osa pas prétendre que non.

Plus tard, vers trois heures, justement à cause de l'absence de Mme Niobé, elles épluchaient des légumes dans la cabine, et il leur arriva de rester seules un bon moment.

— Je crois que je vais partir.

— Ce serait malin !

— Je n'ai pas le droit de m'en aller ?

— C'est le moyen qu'on se doute de quelque chose.

— Je n'ai rien fait.

— Alors pourquoi veux-tu partir ?

— M. Clément a deviné.

— Sûrement.

— C'est ton avis aussi ?

— Il t'a vue hier soir à la fenêtre. Il a vu Louis. Il a probablement vu les religieuses. Il n'est pas nécessaire d'être bien fin pour conclure.

Ce fut M. Clément qui les interrompit, traînant tout un temps dans la cuisine où il n'avait rien à faire. À cette heure, sa femme se trouvait dans la lingerie, au second étage, et ne pouvait descendre sans qu'il l'entende, car elle avait de mauvaises jambes. Il feignait de ne pas s'occuper de Sylvie, de parler seulement à la Marie, mais elles n'étaient dupes ni l'une ni l'autre.

Il avait l'habitude de la frôler avec insistance chaque fois qu'il la croisait dans un corridor et, quand il avait l'occasion de lui parler en tête à tête, il lui tenait toujours le gras du bras.

On servit les religieuses à la fin du dîner. Probablement, même s'il y en avait eu pour elles, les deux filles n'en auraient-elles pas mangé. Après, Sylvie donna un coup de main à la vaisselle, puis elles quittèrent la pension ensemble, tandis que le pinceau clair du phare de Chassiron passait régulièrement dans le ciel chargé.

Ce fut Sylvie qui ferma la porte, se déshabilla la première, sans un mot, se jeta sur son lit, alors que Marie traînait encore.

Lorsqu'elle ouvrit la bouche, elle ne parla pas de ce qui s'était passé ce jour-là, ni la veille au soir.

— Tu es toujours décidée ? demanda-t-elle avec une pointe de défi dans la voix.

— À quoi ?

— Tu as déjà oublié pourquoi nous sommes ici ?

— Pour gagner un peu d'argent qui nous permette d'aller à Paris.

— Tu n'as pas changé d'avis ?

— Pour quelle raison aurais-je changé d'avis ?
— Je ne sais pas. Je me le demandais.
— Tu te demandais si j'étais toujours prête à partir *avec toi* ?
— Tu me détestes ?
— Non.
— Tu penses que je suis une vicieuse et que je n'ai pas de sentiments.

Marie ne répondit pas.

— J'éteins ?

Elle était prête à se glisser dans son lit, ses cheveux bruns pendant en longues tresses maigres des deux côtés de son visage.

— Si tu veux.

Il en fut alors comme la nuit précédente.

— Tu dors ou tu ne dors pas ?
— Je ne sais pas encore.
— Tu as envie de parler ?
— J'aurais préféré partir tout de suite.

De combien d'années datait leur projet de départ ? Peut-être du temps où, petites filles, elles passaient des heures assises au soleil sur le même seuil, au bout de la rue aux maisons jaunes.

Marie Gladel, la plus pauvre des deux, était enfant unique. Peut-être, en somme, n'y avait-il pas moins d'argent dans leur maison que chez les Danet, mais sa mère faisait le ménage du docteur Cazeneuve, place Colbert, partait à six heures du matin pour rentrer à huit heures du soir et ne portait de chapeau que le dimanche, tandis que le père de Sylvie était premier maître à l'arsenal. En réalité, il faisait le travail d'un magasinier, mais, comme ils étaient incorporés à la marine, on préférait l'appeler par son grade.

— Tu comprends que des gens passent leur vie entière dans une rue comme celle-ci, toi ?

— Ta mère y passe bien la sienne.

— Ma mère est bête.

— Ton père y vit aussi.

— Parce qu'il a eu le malheur de rencontrer ma mère et qu'il a eu huit enfants. Seulement, il est toute la journée à l'arsenal où il commande à des douzaines d'ouvriers.

Sylvie était l'aînée de la famille, et on l'obligeait à surveiller ses frères et sœurs.

— Je les déteste !

C'était son mot favori.

— Je déteste les pauvres !

— Tu es pauvre aussi.

— Je ne veux pas le rester. Tu acceptes de rester pauvre, toi ?

— Je ne sais pas.

Leur premier rêve avait été d'apprendre la couture, d'aller toutes les deux s'installer à Paris, où elles gagneraient beaucoup d'argent en faisant des robes. Elles avaient même commencé à mettre leur projet à exécution, puisque, pendant plusieurs mois, elles avaient pris des cours, vers l'âge de quatorze ans, à l'école de couture de Mme Berna.

Quelque chose, qu'elles avaient maintenant oublié, avait changé leurs ambitions ; de la couture, elles étaient passées brusquement à la dactylographie et étaient entrées chez Pigier. Sylvie avait appris à taper à la machine et connaissait un peu de sténo. La Marie avait dû abandonner, faute d'orthographe, et s'était placée comme serveuse dans un café de la place du Commerce.

— Si on faisait seulement une saison toutes les deux dans un hôtel de Royan ou de Fourras, on aurait assez d'argent pour…

Sylvie écrivait rarement à ses parents. Marie écrivait tous les trois jours à sa mère qui était veuve. Son père avait été tué à Verdun.

— À Paris, on travaillera chacune de son côté s'il le faut, mais on aura une chambre pour nous deux, où on se retrouvera tous les soirs.

— Et si tu te maries ?

— Tu peux aussi bien te marier que moi.

Marie ne se faisait pas d'illusion. Quand elle avait onze ans, un médecin chez qui on l'avait conduite pour une éruption de la peau – elle avait collectionné toutes les maladies infantiles – avait proposé d'opérer gratuitement son œil. M. Gladel vivait encore. Des soirs et des soirs durant, sous la lampe, on avait débattu la question. Puis Marie était entrée à l'hôpital.

Quand, des semaines plus tard, on avait retiré le bandeau noir qui recouvrait son œil, celui-ci ne regardait plus vers l'intérieur comme autrefois, mais vers l'extérieur.

Elle n'avait pas pleuré. Elle était comme Mme Niobé. Elle ne pleurait jamais. Mais elle avait refusé farouchement de se laisser opérer une seconde fois, bien que le docteur insistât pour le faire.

Et, quand elles étaient venues travailler à Fourras, quand, pour la première fois, elle s'était déshabillée devant son amie et qu'elle avait surpris le regard de celle-ci, elle avait prononcé sans amertume :

— Cela va avec le reste !

Est-ce que Mme Niobé était seule, dans sa maisonnette, avec le grand corps froid de son garçon ? Est-ce que les pêcheurs que Louis fréquentait dans le port et qui avaient connu son père étaient venus s'asseoir pour la veillée funèbre ? Chez eux, il n'y avait même pas l'électricité, et on s'éclairait encore au pétrole.

— Je me demande, disait lentement Sylvie dans l'obscurité, si j'ai encore envie que tu viennes avec moi.

— Tu me trouves peut-être méchante ?

— Ce n'est pas cela.

— Quoi, alors ?

— Je ne sais pas. Peut-être que tu ne veux pas me faire de mal.

Elle se retourna brusquement dans son lit.

— Tu souris ?

— Non.

— Tu oserais jurer que tu ne souris pas ? Sur la tête de ton père ?

— Je le jure.

— Qu'est-ce que tu fais ?

— J'attends que tu aies fini de parler.

— Cela t'est égal de ne pas venir avec moi ?

— Je n'ai pas dit ça.
— Alors ?
— Rien.
— Cela te fait plaisir, avoue-le ! Tu penses, au fond, que je suis trop lâche pour m'en aller seule et que tout ce que je raconte n'a pas d'importance.
— On dort ?
— Si tu y tiens !
Et Sylvie lui cracha presque :
— Bonne nuit !
Après quoi elle ne desserra plus les dents avant de s'endormir. Quand elle le fit, elle n'avait eu aucun sanglot, mais des larmes séchaient sur ses joues.

— Écoutez, mes petites. Il faudra nous organiser pour demain matin, parce que M. Clément (elle appelait toujours son mari ainsi), moi et Mathilde devons aller à l'enterrement.

La Marie devait penser en regardant son amie : « Cela te soulage, hein ! »

Seulement, pendant la journée, justement parce que Mme Clément, pour faire de l'avance, travaillait d'arrache-pied à la cuisine, Sylvie eut d'autres sujets d'inquiétude. Elle n'aurait pas pu préciser ce qui était différent ce jour-là. M. Clément ne lui adressa pas la parole une seule fois en dehors du service.

Peut-être était-ce elle qui le guettait, encore plus que lui, elle ?

— Parce que tu te sens une mauvaise conscience ! aurait affirmé la Marie.

Sylvie avait l'impression qu'il réfléchissait en l'observant. Peut-être pensait-il à la fenêtre éclairée, à la silhouette de Louis qui regardait la jeune fille se déshabiller ? Fatalement, il devait en arriver aux religieuses.

Il en restait, qu'on servit au dessert de midi, et Sylvie fut si troublée en passant le plateau devant M. Clément qu'elle lui lança un coup d'œil de défi.

Avait-il remarqué ce coup d'œil aussi ? Avait-il compris tout ce qu'il sous-entendait ?

— Je deviens sotte ! C'est la faute de la Marie !

Mais ce n'était pas vrai, elle le savait. C'était sa faute à elle. Elle refusait de l'admettre, se débattait avec son cauchemar qui devenait de plus en plus compliqué.

Pourquoi Marie n'avait-elle pas osé lui dire que c'était elle, en somme, qui avait tué Louis ? Elle le pensait. Elle le lui avait laissé entendre. Malgré ça, elle restait prête à la suivre à Paris !

La Marie n'était-elle pas plus méprisable qu'elle ? Sylvie le lui avait lancé au visage, la veille, dans leur chambre, mais Marie, qui prétendait tout comprendre, n'avait pas compris.

— Tu es lâche ! lui avait-elle dit.

Elle avait failli ajouter : « Tu as une âme de femme de ménage ! »

Car, pour elle, ces mots avaient un sens précis.

M. Clément savait. Il savait qu'elle savait et il la suivait à la piste. Il savait aussi qu'elle avait peur de Mme Niobé, comme, avant l'arrivée des gendarmes, il en avait eu peur lui-même. Car il n'était pas moins coupable ; c'était lui, pour quelques gâteaux, qui avait enfermé Louis dans le placard aux balais, après lui avoir déclaré qu'il le livrerait aux gendarmes.

Il n'osait pas mettre Mme Niobé à la porte. Peut-être se demandait-il pourquoi elle revenait travailler dans la maison où on avait tué son fils. Il allait à l'enterrement avec sa femme, pour faire croire qu'il avait la conscience tranquille.

Et Sylvie, autour de qui il tournait depuis des semaines sans oser la toucher, était une petite garce dévorée d'anxiété.

N'était-ce pas cela qu'il pensait en la fixant de ses gros yeux de poisson ?

— Je ne parle pas.

— Comme tu voudras, bonne nuit !

Ce soir-là, Sylvie tint parole et n'éprouva pas le besoin de parler. Puis ce fut l'enterrement, auquel plusieurs pensionnaires assistèrent, et il y eut un soleil clair pendant toute la matinée, l'après-midi du vent d'ouest qui menaça tout de suite de tourner à la tempête.

À deux heures, déjà, Mme Niobé avait repris sa place à la pension, et personne n'osait la regarder, c'était elle qui regardait tout le monde, et elle devait bien s'apercevoir qu'on s'écartait de son passage.

— Si tu continues à me suivre des yeux, je te gifle devant les gens !

Sylvie en avait assez. On aurait dit que la Marie attendait le drame d'un moment à l'autre, épiait le manège de M. Clément et de Sylvie, tout en ne perdant pas de vue la mère de Louis.

Il ne se passa pourtant rien. Et dans leur chambre, elles se retrouvèrent comme deux ennemies.

— Tu es déçue ?
— Non.
— Bonne nuit !

Elle ne pleura pas. Le vent s'était mis à souffler avec force, et une branche de tamaris frappait régulièrement la fenêtre.

— Cela ne va pas finir, non ? cria-t-elle à certain moment, dressée sur son lit, après avoir cherché rageusement le sommeil.

— Il y en a pour trois jours, répondit dans le noir la voix paisible de Marie.

— Pourquoi ?

— Je ne sais pas. Ce sont les pêcheurs qui l'ont dit à M. Thévenard. Il s'en va après-demain.

Le lendemain était dimanche. Marie alla à la première messe, laissant la lumière allumée dans la chambre, et Sylvie dut faire une partie de son travail. Le temps était gris, toujours venteux, les barques dansaient dans le port, les gens qui passaient sur la route se tenaient courbés en avant en se raccrochant à leurs vêtements.

Quand M. Clément descendit, Sylvie comprit que ce serait pour ce jour-là et, au même moment, se souvint que Mme Clément assistait toujours à la grand-messe. C'était le seul jour de la semaine où elle quittait la maison.

Il y avait comme une satisfaction quiète dans les yeux de M. Clément, qui allait et venait comme d'habitude et à qui il arriva plusieurs fois de sourire.

Marie, à son retour, devina aussi. Mais, ce que Marie n'eut pas l'air de comprendre, c'est le calme de Sylvie qui ne lui accorda ni un mot ni un regard et qui vaqua à son service comme si rien de tout cela ne la concernait.

Mme Clément partit à neuf heures et demie en compagnie de madame 6 et des deux enfants. D'autres pensionnaires étaient sortis. Certains avaient pris leur petit déjeuner dans leur chambre et n'étaient pas descendus.

La maison était toujours plus vide que les autres jours. Mathilde, au second étage, remuait ses seaux et ses balais. Mme Niobé, dans la cuisine, vidait des poulets.

Sylvie achevait de desservir les tables, et, derrière elle, Marie commençait à apporter les couverts de midi.

Dans le corridor, il y avait une porte peinte en brun clair, presque jaune, au-delà de laquelle s'amorçait l'escalier en pierre de la cave.

Sylvie ne savait pas encore comment cela se passerait, mais elle savait que cela se passerait. Depuis quelques minutes, elle n'avait pas vu M. Clément et ignorait où il était.

Comme, les mains vides, elle franchissait le corridor pour aller de la petite salle à manger à la grande, la porte de la cave bougea.

Elle s'arrêta net.

Il dit très bas, du fond de la gorge :

— Viens !

Elle fit deux pas en avant, ses pieds trouvèrent les marches de pierre, tandis qu'il refermait sans bruit la porte derrière elle.

Lorsqu'elle remonta, Marie eut juste le temps de se décoller du chambranle, son visage couleur de papier, ses narines si pincées qu'on aurait dit une femme évanouie.

Elle respirait fort, et Sylvie reconnut l'odeur de l'alcool.

— Tu n'as pas honte ? siffla-t-elle en passant.

Puis elle saisit le premier plateau venu, car on entendait les pas de M. Clément sur les marches.

Il n'y eut rien d'autre, qu'un long dimanche morne, du vent, des bourrasques de pluie, des plats à transporter, de la vaisselle à laver, des gens qui s'ennuyaient et traînaient dans les fauteuils, Mme Clément qui gardait jusqu'au soir sa robe de soie noire et son collier, M. Clément qui s'enhardissait jusqu'à passer près de la sombre Mme Niobé.

Sylvie n'attendit pas son amie pour quitter la pension, et Marie la trouva couchée quand elle entra dans la chambre où l'ampoule brûlait au bout de son fil.

Marie n'osait pas la regarder, pas même se tourner du côté de son lit d'où ne venait aucun bruit. Elle commença à se déshabiller devant la glace, fit ses tresses, et soudain ses traits se brouillèrent comme si elle allait vomir, un sanglot jaillit qui fit un vilain bruit, et elle alla se jeter sur son lit, de tout son long, le visage dans l'oreiller, tandis que son dos se soulevait en cadence.

Sylvie, dans l'autre lit, les traits sans expression, fixait un point du plafond.

3

Le train de Paris

Ce fut le départ du vieux M. Thévenard qui marqua le commencement de la débâcle. Jusque-là, la pension avait vécu sa vie comme si la saison devait encore durer longtemps, et soudain le ménage du second commençait à son tour à faire ses bagages, à table on discutait d'horaires de trains, des chambres se vidaient, qu'on ne nettoyait pas toujours aussitôt et qu'on pouvait voir en passant, d'une laideur insoupçonnée, avec des papiers qui traînaient, des cartes postales, des cheveux sur le marbre d'une toilette, une vieille paire de pantoufles ou même une pantoufle dépareillée.

Sur la plage, les tentes à rayures rouges se clairsemaient, avaient tendance, comme pour faire moins vide, à se grouper au pied du casino.

Le temps était clair, la mer plus bleue qu'on ne l'avait vue de l'été, le matin, une brume lumineuse, dorée, qui mettait près de deux heures à fondre dans le soleil.

Pas une fois, entre Marie et son amie, il ne fut question de Louis, et Mme Niobé était la seule, par sa présence obstinée, à leur rappeler le drame du 22.

Il ne fut jamais question de M. Clément et de la cave non plus. Un matin seulement, alors que Sylvie se lavait le ventre avec une serviette mouillée, Marie avait murmuré en la regardant :

— Tu n'as pas peur d'avoir un enfant ?

Sylvie avait redressé la tête, froncé les sourcils. Ses traits s'étaient durcis, et elle n'avait répondu que par un seul mot :

— Imbécile !

On aurait dit qu'à cause de ce qui s'était passé un dimanche matin un monde était maintenant dressé entre elles. Peut-être n'était-ce pas tant Sylvie qui avait changé ? Elle avait seulement repris son assurance, voire plus d'assurance qu'auparavant. Elle n'avait plus peur de M. Clément, à présent qu'elle le tenait, car c'était lui qui devait trembler à l'idée qu'elle pourrait tout raconter à sa femme.

N'était-ce pas Marie qui la regardait avec d'autres yeux ? Jusqu'alors elle avait paru tout savoir ou tout deviner. À présent, il ne se passait guère d'heure qu'elle ne lançât à sa camarade un coup d'œil anxieux, et on croyait voir sa pensée la grignoter comme une souris.

— Tu crois qu'on nous gardera jusqu'à la fermeture ?

— Pourquoi pas ?

— Ils n'ont plus besoin de tant de monde.

C'était vrai. Pour les occuper, on nettoyait à fond les chambres vides, ou on collait des papiers aux fenêtres. Un matin, presque tout de suite après avoir allumé son feu, Mathilde était rentrée dans sa chambre, et on l'avait aperçue pour la première fois en tenue de ville, avec des gants gris perle et un chapeau sur la tête. Elle était revenue à la pension pour toucher son mois. Après en avoir fini avec Mme Clément, elle était passée devant Marie et Sylvie sans les regarder, avait eu l'air d'hésiter, s'était enfin éloignée en grommelant toute seule, mais sans leur dire au revoir.

— Qu'est-ce que tu crois qu'elle a ?
— Je suppose qu'elle espérait rester jusqu'à la fin.

Sa valise était lourde, et il n'y eut personne pour l'aider à la transporter à la gare ; elle marchait de travers, en se donnant de grands coups dans les jambes.

Le mercredi suivant, puis encore le mercredi d'après, il y eut assez de religieuses pour tout le monde, et Sylvie en mangea sans que rien dans son attitude laissât soupçonner le souvenir d'un événement quelconque.

Le mari de madame 6 avait fait, pour la première fois de l'été, son apparition aux *Ondines*. Elle en avait tant parlé qu'on avait presque fini par le considérer comme un mythe. Il devait passer cinq ou six jours à Fourras avant d'emmener sa famille à Paris, et, dès le moment de son arrivée, les enfants étaient devenus calmes comme par enchantement, sans qu'il ait eu besoin de leur dire un mot. Madame 6 avait cessé de criailler du matin au soir et de se promener dans la maison en peignoir, les cheveux sur des épingles.

Du coup, on avait su leur nom, que l'on prononça à tout bout de champ. Ils s'appelaient Luze. Pendant trois jours au moins, M. Clément fit à M. Luze une cour écœurante et pitoyable, se précipitant vers lui avec un large sourire aussitôt qu'il l'apercevait, lui offrant le journal avant de l'avoir déplié, s'efforçant de lui faire accepter, selon l'heure, un apéritif ou un calvados.

Pour une raison obscure, il s'était mis en tête de conquérir la sympathie de cet homme qui le regardait à peine, lui répondait par monosyllabes, continuait à se diriger vers la porte ou s'asseyait dans un fauteuil pour allumer un cigare.

— Tu trouves qu'il est bel homme, toi ? avait questionné Marie.

Sylvie avait haussé les épaules. Il était grand, toujours calme, avec une barbe brune qui faisait ressortir la rougeur de ses lèvres et l'éclat de ses dents. Ses mains étaient soignées, couleur de cire, avec des touffes de poils sombres, et il vivait comme isolé au milieu de l'agitation de la pension.

Mme Luze aussi, quand elle lui parlait, avait le sourire forcé de quelqu'un qui cherche à se faire pardonner. Il ne paraissait pas s'en apercevoir, fumait des cigares qu'il tirait d'un bel étui de cuir, se promenait le long de la plage ou de la jetée, d'un pas égal, sans regarder la mer, et n'adressait la parole à personne.

On lui avait donné une chambre pour lui seul, et sa femme continuait à coucher avec les deux enfants. Il se levait tard. Dès le second matin, c'est Sylvie qui se trouva à lui porter son petit déjeuner et, comme elle s'y attendait, elle vit en descendant la Marie qui l'épiait du bas de l'escalier.

Elle eut un mince sourire. N'était-il pas évident que Marie ne comprenait plus, qu'elle nageait, que c'est en vain qu'elle faisait travailler son cerveau à longueur de journée ? Timidement, il lui arrivait encore de poser des questions, mais c'était à la façon d'un soldat qui hésite à tutoyer son camarade promu sergent.

— Il t'a parlé ?

Et Sylvie, comme par défi :

— Il m'a dit qu'il buvait son café noir et qu'il était par conséquent inutile d'encombrer le plateau avec un pot à lait.

— Il était dans son lit ?

— Oui.

— Cela ne fait pas un drôle d'effet de voir une barbe sortir des draps ?

On ne se préoccupait plus de savoir pourquoi Mme Niobé restait là, ni de ce qu'elle pouvait penser. Chaque matin, avant de prendre son travail, elle passait par le cimetière, car elle ne venait plus par le même chemin, et quelqu'un l'y avait rencontrée. Lorsqu'il fallait aller au village chercher des colis ou des provisions, c'était elle qui poussait la brouette et, surtout quand on se rappelait le grand corps de son fils, elle paraissait toute petite dans les brancards.

Pendant que Sylvie se déshabillait jadis, Marie ne prêtait aucune attention à son corps. Une fois, seulement, elle lui avait dit avec admiration :

— C'est une chance d'avoir de si beaux seins !

Chaque soir, maintenant, elle semblait guetter le moment où son amie serait dévêtue, et ses petits yeux inquisiteurs cherchaient comme un signe jusque dans les coins les plus intimes qu'elle regardait en rougissant.

Elle était sûre que Sylvie en était consciente et elle en avait honte, mais c'était plus fort qu'elle, et il lui arrivait d'ouvrir la bouche pour dire quelque chose et de la refermer aussitôt.

— Qu'est-ce que tu voulais dire ?
— Rien. Je ne sais plus.

Ce qui l'intriguait par-dessus tout, c'était ce sourire que Sylvie avait adopté, qu'elle ne lui avait jamais vu auparavant, qu'elle ne parvenait pas à comprendre. Ce n'était pas un sourire amer, ni forcé. Sylvie n'était certainement pas malheureuse.

Et Sylvie ne se préoccupait plus de ce que la Marie pensait d'elle. La preuve en fut la façon dont les choses se passèrent la nuit qu'elle sortit.

Deux fois seulement, au cours de l'été, elles avaient passé la soirée au cinéma du casino, puis dans la salle de bal où Sylvie avait été invitée à danser et où Marie avait attendu. Elle avait dansé chaque danse avec un cavalier différent, des garçons du pays qu'elle ne connaissait pas et dont elle ne savait sûrement pas le nom.

Or, un samedi soir, en rentrant dans leur chambre, Marie trouva sa compagne prête à sortir, son chapeau sur la tête.

— Tu ne m'avais pas dit..., commença-t-elle étourdiment.

Elle s'arrêta à temps. Sa phrase était : « Tu ne m'avais pas dit que nous sortions. »

Car, jusqu'alors, elles étaient toujours sorties ensemble. Or il était évident que Sylvie ne l'attendait pas, n'avait pas non plus l'intention de lui donner des explications.

— J'essayerai de ne pas te réveiller en rentrant.

Il était près de dix heures, beaucoup trop tard pour le cinéma. Il n'y avait plus que le bal et les salles de jeu d'ouverts, et la Marie, pour sa part, n'aurait pas osé y entrer seule.

Sylvie avait déjà ouvert la porte quand elle se retourna pour prononcer d'une voix dont les inflexions frappèrent son amie :

— Bonne nuit, Marie.

C'était presque tendre, un peu mélancolique aussi. Tout de suite après, la porte se referma, et on entendit des pas rapides sur le gravier de l'allée, puis le grincement de la barrière.

Est-ce que M. Luze était sorti ? Marie s'efforçait de se souvenir. De l'arrière-cuisine où elle lavait la vaisselle, elle n'entendait pas toujours les allées et venues des pensionnaires. Une fois, il était allé au casino avec sa femme, et c'était Sylvie qui avait été chargée de veiller les enfants jusqu'à leur retour. Mais les autres jours ? Marie le voyait souvent, après dîner, prendre le frais dans le jardin, debout, immobile, et souvent elle ne se rendait compte de sa présence que par le petit disque rougeoyant de son cigare.

Il devait monter ensuite avant dix heures. Elle croyait encore entendre son pas de métronome dans l'escalier quand elle terminait sa vaisselle.

Mais aujourd'hui ? Elle ne savait rien, se sentait perdue, toute mêlée, comme elle disait quand elle était petite. La nuit était tiède, la fenêtre ouverte, la marée proche, et, de son lit, elle pouvait suivre le mouvement rapide du phare dans le ciel.

Pourquoi se mit-elle à avoir peur ? Un instant, il lui sembla qu'elle entendait des pas furtifs sur le gravier, et, avant qu'elle ait eu le temps de réfléchir, l'image de Louis avait jailli devant ses yeux. Elle fut obligée de se dire que ce n'était pas possible, qu'il était mort, enterré, qu'il n'y avait personne dehors. Elle alla pourtant, dans l'obscurité, fermer la fenêtre ; et, recouchée, à plat sur le dos comme d'habitude, les mains croisées sur sa poitrine, elle n'en fut pas moins incapable de trouver le sommeil.

Quatre fois, Sylvie était allée porter le petit déjeuner à M. Luze. Une des fois, la troisième, Marie avait déjà le plateau à la main quand Sylvie le lui avait repris sans une explication ni une excuse, et M. Clément, qui en avait été témoin, s'était glissé dans l'escalier derrière elle. Il avait dû s'arrêter sur le palier, écouter. Avait-il entendu quelque chose ? Est-ce qu'il savait quelque chose ?

En général, quand on porte le plateau à un pensionnaire, on ouvre ses rideaux, et Sylvie devait le faire. La chambre voisine était celle de Mme Luze et des enfants, mais il n'existait pas de porte de communication, et ils prenaient leur petit déjeuner en bas ; souvent, à cette heure-là, ils n'étaient pas remontés, ou parfois ils étaient déjà partis pour la plage.

Un soir, alors qu'elles avaient environ treize ans, elles avaient presque buté sur une fille et un marin couchés sur le remblai, et c'était Sylvie Danet qui avait prononcé avec une force surprenante :

— Je ne me laisserai jamais faire ça !

Elle était orgueilleuse. À l'école, toutes les gamines l'appelaient l'Orgueilleuse, et Marie était sa seule amie, ou plutôt elle était déjà un peu comme sa suivante. C'était très sérieusement qu'il arrivait à Sylvie de dire en parlant de l'avenir :

— Quand je serai riche, je te prendrai comme servante, et tu me coifferas chaque matin.

Elles l'avaient fait par jeu. Elles avaient souvent joué à la dame riche et à la femme de chambre sans que Marie s'en offusquât.

Le soir de la cave, Sylvie n'avait pas pleuré et elle ne regardait pas M. Clément avec répugnance, ne s'arrangeait pas pour l'éviter, elle était calme et froide, si sûre d'elle qu'en y pensant Marie en avait des sueurs.

Ce soir-ci, Marie dormit, s'éveilla en sursaut, écouta le réveil, sans allumer, s'endormit encore et, quand elle ouvrit à nouveau les yeux, elle s'effara en croyant que c'était déjà le jour. Ce n'était que la pleine lune qui s'était levée et qui éclairait les moindres détails des tamaris. En tenant le réveil tout près de son visage, elle parvint à voir l'heure.

Il était quatre heures du matin. Le lit de Sylvie était vide. Le bal était fini depuis longtemps. Au plein de la saison, il arrivait que la salle de jeux, certains soirs de forte partie, restât ouverte jusqu'à l'aube, mais c'était si rare qu'on en parlait le lendemain dans Fourras.

Elle pensa encore une fois à Louis, se souvint en particulier de ce qu'avait dit le docteur Grimal :

— Le décès remonte aux environs de trois heures du matin.

Or, M. Clément avait enfermé Louis dans le placard un peu avant onze heures. Sylvie et la Marie, dans l'obscurité de leur chambre, avaient parlé longtemps, et il aurait suffi qu'elles traversent le jardin et qu'elles interviennent pour...

Car Louis avait hésité pendant quatre heures !

Maintenant le lit de Sylvie était vide, et Marie, prise de panique, hésitait à se lever, à s'habiller en hâte, à se précipiter dehors. Pour aller où ? La lune l'impressionnait encore plus que l'obscurité, et elle se mit à compter machinalement, se voyant déjà courant le long de la mer et criant le nom de son amie.

Elle en était à deux cent cinquante quand elle entendit le grincement de la barrière, des pas furtifs ;

les pas d'une seule personne qui contournait la maison et se rapprochait de leur chambre.

Sylvie ouvrit la porte avec précaution, la referma et, avant de se déshabiller, alla s'asseoir dans le noir, sur l'unique chaise de la pièce, dont le fond de paille crissait. Cela ne lui arrivait jamais de s'asseoir ainsi. Qu'attendait-elle ? À quoi pensait-elle ? Elle restait immobile, et, sans distinguer les détails, Marie voyait sa silhouette affaissée.

Soudain Sylvie se leva d'une détente imprévisible, marcha si vite vers le lit que Marie n'eut le temps ni de bouger ni d'ouvrir la bouche avant de recevoir deux gifles rageuses en plein visage.

— Cela t'apprendra, sale bête !

Elle respirait fort.

— Cela t'apprendra à m'épier comme une sournoise que tu es !

Elle avait dû, à la clarté lunaire, découvrir les yeux grands ouverts de la Marie braqués sur elle. Mais pourquoi sa réaction avait-elle été si violente ? Elle en tremblait encore des pieds à la tête et elle frappa à nouveau, du poing, cette fois, sur le corps qui se recroquevillait sous la couverture.

— Ne me fais pas mal !

La voix plaintive de Marie la calma, et elle resta immobile, à reprendre son souffle, après quoi elle se dirigea vers le commutateur, qui était près de la porte, et tourna.

— Je t'ai fait très mal ?
— J'ai surtout eu peur.

Elle paraissait fatiguée. C'était la première fois que Marie voyait des traces de fatigue sur son visage. Sylvie, évitant de la regarder, défaisait ses cheveux.

— J'étais tellement inquiète que j'ai eu l'intention de partir à ta recherche.

— Ne t'inquiète jamais pour moi.

— Où...

Non ! Il ne fallait pas demander : « Où étais-tu ? »

Ce temps-là était révolu. Sylvie, en passant le peigne dans ses cheveux blond-roux, se regardait fixement dans la glace comme elle aurait observé une étrangère.

— Tu n'as pas pris froid, au moins ?

— Non. Il ne fait pas froid. Pourquoi as-tu fermé la fenêtre ?

— J'ai cru entendre du bruit.

Sylvie alla l'ouvrir. Il n'y avait aucune lumière à la pension. Marie n'avait pas entendu d'autres pas. Si M. Luze était sorti aussi, il n'était pas encore rentré. Peut-être n'était-il pour rien dans cette sortie-là ? Peut-être ne prêtait-il pas plus d'attention à Sylvie qu'aux autres habitants de la maison ?

Sylvie fit un geste pour retirer sa robe, et ce geste resta en suspens. Elle se tenait à nouveau devant la glace et, tandis que la robe se relevait, elle avait vu ce que Marie avait vu avant elle : une large déchirure qui coupait la combinaison depuis la taille jusqu'en bas.

Son premier mouvement fut de rabattre sa robe avec l'intention d'aller éteindre et de se déshabiller dans le noir.

Au lieu de cela, après une courte hésitation, le visage plus dur, elle passa sa robe par-dessus sa tête, retira, en pleine lumière, la combinaison déchirée qu'elle jeta dans un coin de la chambre.

Marie dut serrer les dents farouchement pour ne rien dire, ne poser aucune question. Pour un peu, elle aurait supplié son amie de parler, de lui raconter n'importe quoi, un mensonge au besoin, ou encore de se mettre à pleurer.

Il n'en fut rien. Et ce qui se passa fut encore plus terrible que ce que Marie avait prévu. Toute nue dans la lumière crue, Sylvie trempait une serviette dans l'eau froide de la cuvette et se lavait lentement les seins, le ventre et les cuisses.

Tout ce qu'elle trouva à dire fut :

— Je t'empêche de dormir.

— Je ne dormais quand même pas.

— J'en ai pour deux secondes. Je me couche tout de suite. Bonsoir, Marie.

C'était quand même quelque chose. Certes, elle l'avait dit d'un ton distrait, mais elle l'avait dit quand même, et pour la seconde fois cette nuit-là. Pas « bonsoir » ou « bonne nuit », comme d'habitude :

— Bonsoir, *Marie*.

De tout cela, il ne restait pas trace le matin. Seule la Marie était pâlotte. M. Luze sonna vers dix heures, comme les autres jours, pour son petit déjeuner, et Sylvie lui monta tout naturellement le plateau.

Quand il descendit, il ne la regarda pas et se dirigea vers la plage en fumant son cigare.

Marie ne comprenait plus. M. Clément pas davantage, à qui il arriva deux ou trois fois de la regarder d'un air perplexe, interrogateur. Pour un peu, il aurait pris la Marie pour confidente !

Est-ce pour les mêmes raisons qu'il était dérouté ? S'était-il attendu, après l'incident de la cave, à voir une Sylvie abattue ou arrogante ? Il y avait eu deux dimanches depuis ce dimanche-là. Deux fois Mme Clément était allée à la grand-messe. Or il ne s'était rien passé, Marie en était sûre, car elle n'avait pas quitté Sylvie, et M. Clément n'était même pas venu rôder autour d'elle.

Pourquoi était-ce Mathilde qui avait été renvoyée faute de travail et non les deux filles, ou l'une d'elles ? Sylvie avait-elle dû intervenir ? Était-ce M. Clément qui, de son chef, avait fait le nécessaire auprès de sa femme ?

Il n'y avait plus que sept personnes dans la salle à manger, y compris les deux enfants du 6, et les Luze s'en allaient le lendemain.

Il en fut avec eux comme avec les autres. Les filles descendirent leurs bagages. Ils avaient fait venir un taxi de la gare. Tout le monde, sauf Mme Niobé, qui ne se dérangeait jamais, était rangé au-dessus du perron, et M. Clément avait en vain offert le coup de l'étrier.

— Avec l'espoir de vous revoir ici l'été prochain...

— Les enfants ont tellement profité ! dit Mme Clément en leur caressant les joues.

Sylvie prit la monnaie que M. Luze lui tendait distraitement, sans la regarder, et Marie fit de même un instant plus tard. Il ne se retourna pas, s'assit, son cigare à la bouche, à l'avant du taxi, tandis que sa famille s'entassait à l'intérieur. Le temps était radieux. Les grandes malines venaient de commencer, et la mer, en se retirant très loin, découvrait des bancs de sable vierge, des rochers que les estivants ne soupçonnaient pas ; où on voyait les femmes du pays ramasser des huîtres.

Mlle Rinquet, la vieille fille grincheuse de Saint-Étienne, partit à son tour, et le jeune couple, qui était arrivé le 16 août et qu'on ne voyait qu'aux heures des repas, parut perdu dans la grande salle à manger où, maintenant, les Clément mettaient leur propre couvert.

Il y avait déjà trois jours que Sylvie avait reçu une lettre de Rochefort et qu'elle n'avait pas soufflé mot de son contenu. En la lisant, elle avait froncé les sourcils, puis, comme si elle accomplissait un acte décisif, l'avait déchirée en morceaux minuscules.

— Tu n'oublies pas que notre travail finit dans deux jours ?

— Non.

— Tu ne parles plus de Paris.

Elle ne répondit pas, et Marie se méprit. N'était-ce pas inattendu de voir Marie se méprendre sur les pensées de Sylvie ?

— Tu as changé d'avis ?

— Non.

— Tu m'emmènes toujours ?

— Si tu veux.
— Pourquoi ne voudrais-je plus ?
— Tu es libre. Je n'ai pas l'intention de te forcer.
— Tu n'as rien à me dire ?
— À quel sujet ?
— Je ne sais pas. Peut-être au sujet de tes parents ?

Ce fut au tour de Sylvie de deviner.

— Ta mère t'en parle dans sa lettre ?

Marie recevait presque chaque matin une lettre écrite au crayon, dont on reconnaissait l'enveloppe bon marché.

— Elle me dit seulement que ton père a eu une crise, mais elle ne précise pas de quoi. Il est dans son lit ?
— Oui.
— C'est lui qui t'a écrit ?
— Ma mère.

Danet avait toujours passé pour un homme solide. Il était jovial, content de lui, aimait tout le monde et se persuadait que tout le monde l'aimait. Il ne buvait pas, juste un petit coup avec les amis à l'occasion, qui parfumait ses moustaches blondes.

Or, un après-midi – c'était le jour du gros orage, – à l'arsenal, alors qu'il traversait le magasin B, des feuillets à la main, on l'avait vu s'affaisser. Une heure plus tard, une ambulance le ramenait chez lui en compagnie du médecin de la marine.

Chaque fois qu'il entend dans la rue des pas qui ressemblent aux tiens (tu te souviens comme il connaissait ton pas !), il tend l'oreille, puis paraît tout malheureux. Il ne veut pas que je t'écrive qu'il est couché, par crainte de gâcher ton séjour à la mer, mais je suis sûre qu'il se sentirait mieux si tu revenais.

Le docteur dit que c'est le cœur, que ce n'est qu'une crise et qu'il peut vivre des années avant d'en avoir d'autres, mais ils avaient prétendu la même chose au sujet de M. Juramie, celui qui te donnait des bonbons quand tu étais petite, et six mois plus tard sa pauvre femme était veuve avec cinq enfants...

La Marie insistait, assise au bord de son lit :
— Tu n'as pas envie de rentrer à Rochefort ?
— Non.
— Et s'il lui arrivait malheur ?
— Encore moins !
— Tu ne fais pas ça pour moi ?
— Je ne fais rien pour personne.

Il était presque temps de penser à leurs bagages, de laver leurs affaires, afin que tout soit propre pour partir. Quand elles auraient quitté *Les Ondines*, il ne resterait plus que Mme Niobé, à qui Mme Clément avait demandé de venir quelques heures par jour pour tenir le ménage, car elle avait à nouveau ses grosses jambes.

— À leur place, disait Marie, je ne sais pas l'effet que cela me ferait de la voir toujours dans la maison. Je crois que j'aurais peur.

Et Sylvie, méprisante :
— De quoi ?

Leurs bagages n'étaient pas lourds, et elles n'avaient pas besoin de taxi pour les conduire à la gare. Sylvie avait reçu une nouvelle lettre de sa mère disant :

Maintenant que la saison est finie, j'espère que tu ne vas pas laisser ton pauvre père se morfondre plus longtemps. Il en a pour au moins trois semaines avant de retourner à l'arsenal, et son caractère commence à s'en ressentir. Le docteur prétend que c'est l'inaction, mais je suis bien sûre qu'il se tourmente à ton sujet...

— Eh bien ! mes petites, prononçait Mme Clément, je vous souhaite bonne chance. Si par hasard vous êtes libres toutes les deux l'été prochain...

Elle se tourna vers Marie :

— ... ou une seule...

Mme Niobé ne sortit pas de la cuisine, et Sylvie n'alla pas lui dire adieu. Quant à M. Clément, il proposa gauchement un verre de liqueur qu'elles refusèrent. Elles n'avaient pas encore atteint la barrière qu'il était le premier dans la maison et sans doute se sentait-il soulagé.

La Marie fut la seule à se retourner sur la villa en brique sang de bœuf et sur le bâtiment bas, enfoui dans les tamaris, où elles s'étaient si souvent endormies côte à côte. À la gare, elles passèrent près d'une heure sur le banc d'un quai, à attendre le train, tandis qu'on chargeait de pleins paniers d'huîtres dans un wagon de marchandises.

— Tu regrettes ?

— Quoi ?

Qu'est-ce que Marie voulait dire ? Regretter de partir ? D'être venue à Fourras ? Ce qui s'y était passé ? On aurait cru, à voir leurs regards à toutes deux, qu'il y avait maintenant des années de différence entre elles. Et, quand elles se dirigèrent vers leur compartiment de troisième classe, le pas de Sylvie était calme, assuré, tandis que la Marie trottinait comme peureusement derrière elle.

Elles n'avaient jamais voyagé ni l'une ni l'autre, n'étaient pas allées plus loin que Saintes ou La Rochelle, mais, tandis que l'une se comportait comme s'il était naturel de se trouver dans le train de Paris, l'autre regardait de tous côtés d'un air excité. Une drôle d'excitation, d'ailleurs, une sorte de fièvre qui parvenait miraculeusement à mettre un peu de couleur sur ses joues, une fièvre malsaine, qui faisait trembler ses doigts et qui lui serrait la poitrine comme le sentiment de la peur ou de la culpabilité.

À La Rochelle, où elles changeaient de train, il aurait encore été temps. Les wagons étaient plus grands, d'un autre modèle, plus pleins aussi, les gens plus bruyants et plus pressés. Jusqu'à Niort, Sylvie fut coincée entre une énorme marchande de fromages et un vieux paysan qui ne lui laissaient pas place pour ses coudes, et elle regardait devant elle d'un air rageur.

Elles avaient emporté de quoi manger, des sandwiches au jambon qu'on leur avait préparés aux *Ondines* et que Marie n'arrivait pas à avaler. Chaque fois que son regard tombait sur Sylvie, elle se hâtait de tourner le visage vers la portière.

L'obscurité vint bien avant qu'on approchât de Paris, et il n'y eut plus dehors que des feux rouges et blancs, les lumières des trains qu'on croisait, parfois la constellation d'un village ou d'une petite ville où les réverbères soulignaient la géométrie des rues, plus souvent des fermes isolées dans la campagne, une fenêtre pâle derrière laquelle des gens vivaient.

— Tu penses que tu te retrouveras ?

Sylvie fit signe que oui. Deux soldats, qui étaient montés à Poitiers, les regardaient et échangeaient des sourires.

— Tu sais où aller ?

Même signe, avec une pointe d'impatience.

— Je suppose qu'il faudra d'abord que nous descendions dans un hôtel ?

Alors, à la stupéfaction de la Marie, Sylvie prononça posément :

— Notre chambre est retenue.

— Où ?

— Tu verras.

— C'est loin de la gare ?

— Assez. Pas trop. Nous prendrons un taxi.

Sylvie était exaspérée, à cause des soldats qui écoutaient. Elle colla son front à la vitre et, jusqu'à ce qu'on découvrît les grands immeubles sombres de la banlieue qui dominaient le train de toutes leurs fenêtres éclairées, Marie n'eut plus l'occasion de lui adresser la parole.

À certain moment, à cause d'une courbe de la voie, un rang de maisons eut l'air de basculer dans l'espace et de s'écraser sur elles, et Marie avait les doigts crispés sur le bois verni de la banquette.

Sylvie était pâle aussi. Ce n'était pas seulement la mauvaise lumière du wagon qui donnait cette impression ; ses narines palpitaient, elle se tenait plus droite à sa place, plus immobile qu'il n'était nécessaire.

La fumée de la locomotive, maintenant, courant le long du convoi, se raccrochant aux vitres, leur cachait parfois le paysage, mais les pavés d'un bout de rue qu'elles avaient entrevu étaient mouillés, les gens, sur les trottoirs, tenaient leur parapluie ouvert.

La gare sentait la pluie et la suie. Les silhouettes étaient plus noires qu'ailleurs, les gens qui se pressaient vers la sortie invisible avaient l'air misérable, marchaient trop vite, les yeux vides, comme sans but, poussés par une puissance mystérieuse.

Sylvie se mit à marcher comme les autres, avec le même air tendu et décidé, sa valise d'une main, son sac de l'autre, et Marie, qui s'efforçait de ne pas la perdre, heurtait parfois un dos mouillé et demandait pardon.

Ce n'était pas plus rassurant dans les lumières du hall où on voyait des hommes couchés de tout leur long sur les banquettes et des enfants endormis dans les bras de leur mère, d'autres gens qui regardaient fixement devant eux.

À quoi pensaient ces êtres-là ?

— Tu es sûre que tu sais où...

Une bouffée d'air froid les happa, une rafale de pluie, et un homme en casquette, tout près, surgi Dieu sait d'où, proposa :

— Taxi ?

L'auto était d'un drôle de rouge, presque le rouge de la villa de Fourras. L'homme y poussait déjà les valises. Sylvie, qui avait ouvert son sac à main, était obligée de se rapprocher des lumières pour lire les mots écrits au crayon sur une carte de visite.

Marie était sûre qu'elle n'avait jamais vu cette carte de visite-là, qui était toute fraîche et qui n'avait pas dû traîner longtemps dans le sac de son amie. Elle fut sûre aussi que Marie la tenait de façon à l'empêcher de déchiffrer le nom imprimé.

— *Hôtel des Vosges !* dit-elle. Rue Béranger.

Elle ajouta :

— C'est près de la place de la République.

L'instant d'après, l'auto rouge fonçait dans un mélange oppressant d'ombres, de reflets et de lumières hachées par la pluie.

4

Les Caves de Bourgogne

Marie se levait à sept heures. Mais, dès six heures vingt, elle était tirée de son sommeil par la sonnerie d'un réveille-matin qui se déclenchait juste au-dessus de sa tête. Elle ne s'était pas encore habituée à cette existence en compartiments, à toutes ces cloisons derrière lesquelles d'autres gens vivaient, qu'elle entendait aller et venir, dont on surprenait parfois des secrets intimes sans jamais les avoir vus eux-mêmes.

Le locataire du sixième, à en juger par son pas, était un homme. Il sortait de son lit d'un bond, marchait lourdement, pieds nus, et tout de suite on entendait couler son robinet. Dix minutes plus tard, jamais davantage, il s'élançait dans l'escalier, qu'il descendait en courant, et il n'y avait pas de tapis entre le cinquième et le sixième étage dont les chambres étaient mansardées et où couchait aussi la bonne qui allait commencer, sur le palier, à cirer les chaussures.

Certains jours, pas tous, Marie sursautait beaucoup plus tôt, juste à la limite de la nuit et du jour, au vacarme du camion qui ramassait les poubelles et s'arrêtait devant chaque immeuble, mais ces bruits-là, au fond de la tranchée de la rue, commençaient à se fondre pour elle avec les bruits anonymes des autobus et des taxis.

Sylvie, qui dormait dans le même lit qu'elle, un large lit de fer peint en noir, avec une boule de cuivre à chaque coin, n'ouvrait pas les yeux, restait toute chaude et moite dans le creux qu'elle s'était fait.

Marie n'avait rien dit, le premier soir, quand elle n'avait vu qu'un lit dans la chambre. Elle avait pensé que c'était provisoire. Toute la nuit, elle s'était tenue à l'extrême bord, car c'était la première fois de sa vie qu'il lui arrivait de dormir avec quelqu'un, sauf quand, alors qu'elle avait environ dix ans, sa tante d'Angoulême venait les voir.

Elle se souvenait encore nettement de l'odeur de sa tante. Sylvie avait une odeur aussi, qui ne l'écœurait pas autant, mais la gênait. Et cela la gênait davantage quand, par hasard, sa jambe ou son bras touchaient la chair de son amie.

Avant de vaquer à sa toilette, elle allumait la lampe à alcool sur laquelle elle mettait de l'eau à chauffer pour le café. Elle achetait du café moulu chez l'épicier et s'était procuré une boîte en fer pour le mettre. La bouteille de lait était au frais sur l'appui de fenêtre qui ne recevait jamais le soleil, la chambre étant orientée au nord.

Le soleil, c'était en face qu'on le voyait, de l'autre côté de ce qui restait pour elle un gouffre sur lequel elle n'osait pas se pencher – les gens étaient si petits, vus d'en haut ! même les autobus aux toits crème avaient l'air de gros animaux maladroits, – il y avait des toits gris à perte de vue, des pots de cheminée roses, parfois, à des fenêtres, du linge qui séchait comme dans leur quartier, à Rochefort.

Elle savait qu'à sept heures et quart quelqu'un se lèverait dans la chambre de gauche, le 62, quelqu'un qui ne se servait pas de réveille-matin, qui ne faisait pas de bruit, mais frôlait de temps en temps la cloison.

Pour manger des croissants, il aurait fallu descendre les chercher et remonter les cinq étages ; c'était plus facile d'acheter des paquets de biscottes qui ne séchaient pas.

Il faisait presque toujours assez chaud pour garder la fenêtre ouverte. La rue était calme, surtout à cette heure-là, mais, derrière le pâté de maisons, on entendait déjà un grondement de vie place de la République.

Elle se lavait vite. Depuis que Sylvie faisait sa toilette intime devant elle, elle était devenue encore plus pudique et s'assurait souvent que son amie avait les yeux fermés. Une fois habillée, seulement, elle l'appelait, d'un ton à la fois bourru et joyeux :

— Hé ! Sylvie, grosse paresseuse !

Malgré tout, c'était un bon moment. Sylvie avait la chair rose, et sa chemise de nuit remontait toujours jusqu'aux reins pendant son sommeil. Elle s'asseyait au bord du lit, les yeux vagues, cherchant ses pantoufles du bout du pied, demandait invariablement, d'une voix lointaine :

— Quelle heure est-il ?
— Sept heures et demie.

La petite table peinte en noir, d'un vieux modèle, était couverte d'un tapis plus vieux encore, aux ramages effacés, d'une teinte et d'une matière indéfinissables, et Marie avait dit :

— Il faudra que nous nous offrions une nappe.

Sylvie avait haussé les épaules. Elle était probablement plus propre sur elle que la Marie, plus soigneuse de ses vêtements et de son linge, mais, pour le reste, rien ne la dégoûtait et, tandis que Marie avait soin de poser sa biscotte sur un morceau de papier, elle laissait la sienne à même le tissu douteux.

— On dirait qu'il va faire beau.
— Oui. Les nuages viennent du bon côté.

Marie avait déjà appris ça. Elles avaient de la chance, car l'automne était clair et sec, avec du soleil presque tous les jours. Le repas ne durait que quelques minutes. Elles ne parlaient pas beaucoup, Sylvie étant longue à se réveiller.

Puis Marie allait laver sa tasse dans la toilette, lavait aussi la cafetière et remettait le pot à lait sur le rebord de la fenêtre. Sylvie n'avait qu'à laver sa propre tasse : elle n'était pas encore sa servante.

Elle mettait son chapeau, son manteau noir dont son amie disait :

— Il te donne l'air d'une orpheline.

Mais c'était du bon drap, qui durerait des années.

— À ce soir.
— À ce soir.

Dans l'escalier, elle avait adopté sans s'en rendre compte une démarche furtive, comme si elle avait honte de tous ces bruits qu'elle entendait, de toutes ces portes derrière lesquelles vivaient des inconnus. Sylvie lui avait expliqué gravement, avec l'air de répéter des phrases entendues, que la principale difficulté, à Paris, était de trouver à se loger et qu'elles devaient se considérer comme heureuses d'avoir cette chambre-là.

— Il y a des familles riches qui vivent à l'hôtel depuis plus d'un an en attendant un appartement. La nôtre est propre. Toutes les chambres de l'hôtel sont louées au mois ou à la semaine. C'est en plein centre, alors que tant de gens qui travaillent doivent passer une heure matin et soir dans le métro.

Était-ce M. Luze qui lui avait tenu ce discours ? C'était probable. Car c'était lui, sûrement, qui leur avait retenu la chambre.

Dès le lendemain de leur arrivée, Sylvie avait prononcé, l'air aussi naturel que possible, un peu embarrassée quand même :

— Je suppose que tu vas te chercher une place ?
— Et toi ?

Sans forfanterie, presque simplement, elle avait annoncé alors :

— J'en ai déjà une.
— Je peux te demander une place de quoi ?
— De dactylo, dans un bureau.
— Tu commences aujourd'hui ?

— Demain. Il faut d'abord que je m'habille.

Elle n'avait pas cité de nom, peut-être que Marie n'avait rien demandé.

— Tu veux que je sorte toute seule dans Paris ?

— Je ne peux pourtant pas me présenter avec toi comme si j'étais ta mère ?

Marie avait eu de la chance. Elle avait quitté le seuil de l'*Hôtel des Vosges* un peu comme elle se serait jetée à l'eau, persuadée qu'elle allait se perdre ou se faire écraser par un de ces gros autobus. D'abord, sans le savoir, elle s'était dirigée vers la place de la République et les Grands Boulevards et elle avait reculé comme, sur la plage, on voit les baigneurs reculer devant une vague trop forte. La tête lui tournait. Elle avait mal au cœur, battait en retraite, retrouvait avec soulagement sa rue qui lui faisait déjà l'effet d'un refuge, avec la boutique provinciale d'un marchand de légumes aux caisses étalées sur le trottoir et des filles en blouse blanche qui repassaient du linge derrière une vitrine.

Elle avait suivi la rue jusqu'au bout dans l'autre sens, dépassant l'*Hôtel des Vosges*, dont elle regarda pour la première fois la façade en s'effarant du nombre de fenêtres, et, après une petite place où il n'y avait presque pas de trafic, elle vit une autre rue dont elle n'apprit le nom que plus tard.

C'était la rue de Turenne. Ici, il y avait des boucheries, des crémeries qui, si elles n'avaient été surmontées par cinq ou six étages de pierre, auraient pu se trouver à Rochefort et même dans leur quartier. Il y avait aussi des chevaux, attelés à de lourds camions de livraison, qui sortaient d'une sorte d'entrepôt.

Elle regardait tout avec des prunelles de chat et, dans ce vaste ensemble si nouveau pour elle qu'il lui paraissait incohérent, elle dénicha un écriteau pas plus grand qu'une carte postale, à la devanture étroite d'un restaurant.

On demande forte fille habituée au service.

C'était écrit gauchement, avec des prétentions à la ronde. Au-dessus, une ardoise portait les mots :

Plat du jour : haricot de mouton.

Ce soir-là, Sylvie ne rentra qu'à sept heures, les bras chargés de paquets, et elle portait déjà une robe et un chapeau neufs.
— Tu as mangé ?
— Bien sûr. Toi pas ?

Marie s'était seulement acheté des gâteaux, et il en restait un dans un papier sur la table. Elle attendait son amie depuis midi, n'osant pas quitter la chambre par crainte de la rater.

— À Paris, ma fille, tout le monde mange au restaurant, car les gens n'ont pas le temps de rentrer chez eux. Tu apprendras.
— J'ai trouvé une place.
— Ah !

— J'entre demain matin comme serveuse dans un petit restaurant qui s'appelle *Les Caves de Bourgogne.*

— Dans quelle rue est-ce ?

— Je ne sais pas. Par là.

Sylvie n'avait pas fait de folies. Ses nouveaux vêtements étaient simples, sûrement pas chers, mais le linge était différent de celui qu'elle portait à Rochefort et à Fourras. Ce ne fut que quand elle retira son chapeau que Marie comprit ce qu'il y avait de changé en elle.

— Tu t'es fait couper les cheveux !

— Personne, ici, ne porte plus les cheveux longs, sauf les vieilles femmes. Tu feras couper les tiens aussi, tu verras !

— Jamais de la vie !

Avec quelle fougue Marie avait lancé ces mots-là, en portant les deux mains à ses tresses brunes roulées sur sa nuque ! On aurait presque dit que c'était sa virginité qu'elle défendait.

— Comme tu voudras. Chacune pour soi. C'est bien ce que nous avons décidé, n'est-ce pas ? Tu es libre, et je suis libre. À quelle heure prends-tu ton travail ?

— À huit heures. J'en sors à huit heures du soir et je suis nourrie.

— Ce ne serait pas la peine de travailler dans un restaurant pour ne pas être nourrie. Moi, je ne commence qu'à huit heures et demie.

— C'est loin ?

— Juste de l'autre côté de la place de la République, au début du boulevard Voltaire.

— Qu'est-ce que tes patrons fabriquent ?

— Des phares d'automobile. C'est une maison de gros.

Ce chemin de l'*Hôtel des Vosges* à la rue de Turenne, chaque matin, le long des boutiques qu'elle connaissait par cœur, était pour Marie un ravissement. Déjà près de l'hôtel il y avait une horloge pneumatique au large cadran très blanc qui marquait toujours la même heure quand elle sortait, puis, plus loin, c'était celle d'un bijoutier, et enfin l'horloge encastrée au-dessus de la porte cochère des entrepôts dans la cour desquels on chargeait et déchargeait des camions toute la journée.

La porte vitrée des *Caves de Bourgogne* était ouverte. Elle savait que, derrière le comptoir d'étain, la trappe qui communiquait avec la cave était ouverte aussi, car c'était l'heure à laquelle M. Laboine remplissait les chopines de beaujolais.

Il n'y avait que huit tables dans la salle et, au fond, un casier qui contenait les serviettes des habitués.

Elle lançait en passant :

— Bonjour, monsieur Laboine.

Presque toujours, du fond de la cave, il lui répondait. À droite, il y avait un téléphone au mur, puis une autre porte vitrée qu'ornaient des rideaux à petits carreaux rouges, et elle pénétrait dans la cuisine où Mme Laboine était déjà au travail, car les deux patrons travaillaient fort.

Au mur, on voyait la photographie, en tenue militaire, de leur fils tué à la guerre et, dans un coin du cadre noir et or, était glissée une petite photo de bébé, celle de leur petit-fils, enfant unique d'une fille mariée à Amiens.

À l'heure qu'il était, M. Laboine était déjà allé aux Halles. Tout le monde avait sa tâche, et la journée était réglée de telle sorte qu'on arrivait au soir sans s'en apercevoir.

Il venait peu de clients au comptoir, parfois un camionneur du dépôt d'en face, un chauffeur de taxi, ou des peintres, des plâtriers qui travaillaient dans les environs. M. Laboine, qui avait les cheveux presque blancs, portait toute l'année des chemises à rayures bleues, dont il retroussait les manches.

À dix heures, Marie avait fini le nettoyage de la salle où parvenaient des odeurs de plus en plus fortes de cuisine qui se mêlaient au fumet des vins et du marc. À onze heures, les couverts étaient dressés, l'ardoise avec le plat du jour suspendue à la devanture.

On l'aimait bien. On l'avait adoptée tout de suite. Pourtant, elle faillit ne pas avoir la place, à cause de son aspect malingre, peut-être aussi parce qu'elle louchait.

— Vous savez, madame, je ne parais pas, comme ça, mais je suis forte comme un bœuf et je n'ai jamais été malade.

Elle souriait si piteusement en essayant de les convaincre qu'ils s'étaient regardés et que M. Laboine avait fini par adresser un petit signe à sa femme.

— Ma foi, on ne risque rien d'essayer.

Dès le début, les clients l'avaient appelée :

— Hé ! la louchonne !

Elle ne leur avait pas fait grise mine. Elle avait ri avec eux, s'était enhardie jusqu'à riposter :

— Si vous m'aviez connue quand mon œil regardait de l'autre côté !

La plupart étaient des ouvriers, des contremaîtres : il y avait aussi quelques employés qui travaillaient dans les bureaux du quartier. On ne connaissait pas leur nom de famille. Ce n'était pas comme dans un hôtel. C'était M. Jean, M. Fernand, M. Jules. On savait à quelle heure chacun arrivait et, presque toujours, ce qu'il fallait leur servir.

Il y en avait un, qui lisait le journal en mangeant, dans le coin près de la fenêtre, qui venait depuis vingt ans, depuis la première semaine que les Laboine s'étaient installés, et personne ne soupçonnait où il habitait, s'il était marié ou célibataire.

Il y avait aussi un garçon d'une trentaine d'années, plutôt petit et déjà gras, aux cheveux blonds clairsemés, très timide, qui arrivait quand presque tout le monde était parti, à une heure et demie. Il avait la mise et les mains d'un employé, mais il devait avoir un poste spécial pour que ses heures ne soient pas les heures habituelles.

Il portait des lunettes aux verres très épais et, quand il mangeait, les retirait souvent pour les essuyer, car la vapeur qui montait des plats les embuait. Il ne buvait que du vin blanc, toujours deux verres, comme il buvait ensuite deux tasses de café.

À six heures, les clients étaient moins nombreux, seulement des gens qui habitaient le quartier, et M. Laboine ne fermait jamais plus tard que huit heures.

Pas une seule fois Marie ne s'était risquée à aller voir les lumières des Grands Boulevards. Elle rentrait aussi vite qu'elle pouvait, et, dans l'obscurité, même la rue de Turenne et la rue Béranger lui paraissaient peu rassurantes.

À droite de la porte, dans ce qu'on appelait le bureau de l'hôtel, qui servait de salle à manger aux propriétaires, se trouvait un casier dans le genre du casier à serviettes des *Caves de Bourgogne*, avec un crochet pour la clef au-dessus de chaque case.

Sylvie ne recevait jamais de lettres, mais, chaque jour, Marie en avait une de sa mère, toujours aussi reconnaissable et écrite au crayon.

Les Féron, qui dînaient à cette heure-là, ne se retournaient pas. Un soir, Marie trouva un télégramme pour son amie et le monta, sans penser que, puisque la clef était au tableau, Sylvie ne pouvait être en haut.

C'était rare qu'elle revienne tard. Le plus souvent, elle était dans la chambre avant Marie, étendue sur le lit, en combinaison, les pieds nus dans ses nouveaux bas de soie, à lire un magazine.

Le soir du télégramme, elle arriva un peu après huit heures et demie et, avant que la porte soit refermée, commença à se déshabiller.

— Il y a une dépêche pour toi.

Sylvie s'immobilisa, et on eût dit qu'elle était sur le point de s'émouvoir, mais, tout de suite, elle reprit l'air froid et assuré qu'elle avait commencé à adopter à Fourras et qui était devenu beaucoup plus marqué.

— Donne.

Elle y avait jeté un coup d'œil, l'avait laissé tomber sur le lit.

— Mauvaise nouvelle ?
— Mon père. Tu peux lire.

Le télégramme disait :

Ton père mort ce matin. Viens vite. Deviens folle. Ta mère.

— Et quand pars-tu ?

Sylvie s'était assise au bord du lit pour retirer ses chaussures, et c'est en caressant ses pieds endoloris qu'elle répondit sèchement :

— Je ne pars pas.

Comme Marie avait l'air d'en recevoir un choc électrique, elle ajouta :

— À quoi cela servirait-il ? Il est quand même trop tard, non ? Je ne peux pas le faire revivre. Quant à l'enterrement, ils n'ont pas besoin de moi pour ça.

Elle n'en parla plus de la soirée, lut ou feignit de lire. Marie devait toujours attendre qu'elle ait fini pour s'endormir. Parfois, à bout de fatigue, elle questionnait :

— Tu n'éteins pas encore ?

— Plus que deux pages.

Mais Marie entendait qu'elle en tournait bien davantage.

Sylvie parlait librement de M. Luze. C'était venu le plus simplement du monde. Un soir qu'elle paraissait lasse, découragée, elle s'était écriée en se jetant sur le lit :

— Cet homme-là est plus maniaque qu'une vieille femme !

— Ton patron ?

— Ce n'est pas la peine de faire des mystères. Tu le connais. Je suis sûre que tu as deviné depuis longtemps. Il s'agit de M. Luze.

C'était Sylvie qui avait envie d'en parler, et cela lui arriva souvent, toujours sur le même ton.

— L'affaire du boulevard Voltaire s'appelle les « Phares Comby », et il y en a sur la plupart des voitures de luxe. C'est le beau-père, Raoul Comby, qui l'a fondée. Maintenant qu'il est mort, la situation est compliquée parce qu'ils sont plusieurs à se disputer, M. Luze, qui est le gendre, puis un autre gendre, M. Paul, qui est veuf et qui passe ses après-midi aux courses, puis encore deux associés, Hua et Morisset. Tout le monde commande ou s'efforce de commander, et chacun croit que les autres trichent. Par-dessus le marché, Mme Luze, qui prend des airs si dociles devant les gens, est férocement jalouse de son mari qui doit lui rendre compte chaque soir de l'argent qu'il a dépensé, sous prétexte que c'est son argent à elle.

Marie sourit-elle réellement ? Elle ne s'en rendit pas compte. Elle n'aurait pas trouvé chic de sa part de sourire.

— Tu ris ?

— Non.

— Tu sais, si cela t'amuse, tu n'as pas besoin de te gêner.

— Je peux te poser une question ? À Fourras, tu sais, la nuit que tu n'es pas rentrée…

— Vas-y ! Eh bien ?

— Je ne l'ai pas entendu rentrer non plus. Je me suis toujours demandé comment il s'y était pris.

— Ne cherche plus. Ce n'était pas lui.

— Ah !

— Tu vois que tu m'épiais. Je te l'ai dit, et tu m'as juré le contraire sur la tête de ta mère.

— Je ne t'épiais pas. Je ne parvenais pas à dormir.

Il y eut une période pendant laquelle, le soir, au lieu de lire, Sylvie, toujours couchée, faisait des exercices de sténo. Il y eut aussi d'autres choses qui affectèrent davantage la Marie.

Chacune payait la moitié de la chambre, du café, du lait, du beurre et des biscottes. Chacune avait ses tiroirs, ses affaires. Comme Sylvie l'avait déclaré, elles étaient libres.

Un soir qu'elle rentrait la première, Marie renifla, frappée par l'odeur inhabituelle et, un peu plus tard, en mettant de l'ordre, trouva un peu de cendre sur le marbre blanc de la commode.

Elle n'osa rien dire. Elle avait déjà remarqué qu'il n'y avait pas que les femmes de chambre, mais aussi un homme, un Polonais, à faire le nettoyage.

Une autre fois, elle ramassa un mouchoir sous la table de nuit, et ce n'était pas un mouchoir de femme.

Pourquoi eut-elle honte d'en parler ? À cause de ses découvertes, elle se sentit presque coupable en se glissant dans le même lit que Sylvie et, tout le temps qu'elle mettait à s'endormir, il lui semblait qu'elle sentait une odeur étrangère.

Pourtant, elle ne voulait pas encore le croire. Dans son esprit, c'était impossible. Elle ne travaillait pas le dimanche, car *Les Caves de Bourgogne* fermaient ce jour-là, et un dimanche matin elle s'était risquée jusqu'au boulevard Voltaire, où elle avait vu la vitrine de la maison Comby, une vitrine sombre et sérieuse de commerce de gros où il n'y avait que quatre ou cinq phares luisants à l'étalage.

Elle savait par Sylvie que les Luze occupaient un appartement sur le même boulevard beaucoup plus haut, près de la mairie, là où il n'y a que des immeubles de rapport.

Parfois, vers cinq heures, avant le coup de feu du dîner, quand tout était en ordre et qu'on avait pris assez d'avance pour le lendemain, il arrivait à Mme Laboine de lui dire :

— Si vous avez une course à faire dans le quartier, profitez-en donc. Cela vous fera prendre l'air.

Marie en profita. Elle avait besoin de souliers.

Arrivée au coin de la rue de Turenne, elle s'aperçut qu'elle n'avait pas assez d'argent dans son porte-monnaie et monta vivement les cinq étages de l'*Hôtel des Vosges*.

Elle n'avait pas trouvé la clef au tableau. Elle pensait que Sylvie, dont le bureau fermait à cinq heures, était déjà rentrée. Elle tourna le bouton, et la porte résista. Elle dit, encore essoufflée, pressée par le temps :

— C'est moi !

Et elle fut certaine d'entendre du bruit à l'intérieur. Ce n'était pas de l'imagination. Quelqu'un avait bougé sur le lit, dont le sommier grinçait un peu. Elle crut même, sans penser à mal, que c'était Sylvie qui se levait pour venir lui ouvrir et, machinalement, elle tambourina du bout des doigts sur la porte.

— Qu'est-ce que tu attends, flemmarde ?

Soudain, sans transition, le sang lui était monté aux joues. On chuchotait dans la chambre. Puis ce fut à nouveau le silence. Deux grosses larmes, à son insu, avaient gonflé ses paupières, et, les bras ballants, le corps vide, elle redescendit lentement l'escalier.

C'est à peine si elle reconnut le client à lunettes qui mangeait à une heure et demie. L'escalier était mal éclairé à l'endroit où elle le croisa, elle se sentait honteuse, et il montait les marches trois à trois. S'il ne l'avait pas arrêtée, elle ne l'aurait peut-être pas remarqué, et il dut se demander pourquoi elle avait un aussi drôle d'air, pourquoi elle ne lui disait rien, continuait son chemin comme si elle avait peur.

Gauchement, il se contenta de toucher son chapeau.

Lorsqu'elle rentra, le soir, Sylvie était plongée dans sa sténographie, non pas sur le lit, mais devant la table. Elle devait le faire exprès pour se donner une contenance, comme elle le faisait exprès de prendre son air le plus naturel.

Sans lui dire bonsoir, sans desserrer les dents, Marie se mit à aller et venir, ouvrant et refermant des tiroirs, et l'autre dut se demander si elle n'avait pas l'intention de déménager.

— Qu'est-ce que tu as ?

— Tu ne le sais pas, peut-être ?

Sylvie prit le temps de réfléchir, posa son crayon, parla lentement, les joues dans les mains.

— Qu'est-ce que je pouvais bien faire ? Aurais-tu préféré que je t'ouvre la porte et que je t'invite à entrer ? J'ai pensé que, du moment que je ne répondais pas, tu comprendrais.

— Vous étiez couchés ?

— Et après ?

— Dans mon lit ?

— Dans notre lit. Si cela peut te faire plaisir, j'ajouterai que nous n'avons pas retiré la couverture. J'ajouterai aussi qu'il est au moins aussi propre que toi. Enfin que, si cela ne te plaît pas, tu n'as qu'à le dire une fois pour toutes.

Marie lui tournait le dos, le visage vers la fenêtre obscure.

— Eh bien ? J'attends ta décision. Cela devait arriver un jour ou l'autre, n'est-ce pas ? Remarque que je ne me suis jamais donné la peine de me cacher.

— Tais-toi, veux-tu ?

— Pour quelle raison me tairais-je ? Parce que tu as encore des idées stupides et que...

— Je t'en supplie, Sylvie !

Elle tourna vers son amie un visage bouleversé, parla d'une voix plaintive, ardente, sans se rendre compte qu'elle joignait les mains.

— Tu ne peux vraiment pas le voir ailleurs qu'ici, ailleurs que chez nous ? Je ne te demande pas ce que tu fais dehors. Je ne t'ai jamais réclamé de comptes, mais, *ici*...

Elle regardait le lit, sa place, celle de Sylvie.

— Fais ça pour moi, veux-tu ?

Ce soir-là, leur séparation ne tint qu'à un fil.

Peut-être Sylvie fut-elle tentée d'en finir. Peut-être eut-elle un peu peur de la solitude ? Peut-être fut-elle touchée par le regard animal de la Marie qui louchait plus que jamais ?

— Ne pleure pas !

— Je ne pleure pas.

— Je sais. Ne te mets pas à pleurer. Je t'aime bien.

— Tu crois ?

— Si je ne t'aimais pas, je ne t'aurais pas emmenée avec moi. Quant à M. Luze, il m'est impossible de le rencontrer ailleurs. C'est difficile à t'expliquer, car tu ne connais pas son caractère. Je lui en parlerai. Je ferai mon possible. De toute façon, ce n'est pas pour longtemps.

— Tu ne l'aimes pas ?

Ce fut presque joyeusement qu'elle entendit le mot favori de Sylvie.

— Je le déteste. Il est froid comme un couteau. Il ne pense qu'à lui. Il a l'impression que tout lui est dû, qu'il n'a qu'à ouvrir la bouche, que dis-je ? faire un signe pour tout obtenir. Le plus fort, c'est qu'il obtient, et c'est bien un signe qu'il m'a fait. Veux-tu que je te raconte comment les choses se sont passées à Fourras ?

Cela jaillissait enfin, et Marie en était éperdue de reconnaissance. Ainsi donc, Sylvie n'était pas capable de garder plus longtemps ce secret sur le cœur. Sans doute le reste viendrait-il aussi, et la Marie parviendrait-elle à nouveau à deviner ses pensées ?

— Ne reste pas plantée comme un cierge. Assieds-toi. Fais n'importe quoi, mais ne me regarde pas avec ces yeux-là.

Alors, tout à trac, d'une voix dure, méchante :

— Le deuxième jour, il était couché, avec sa barbe, sa fameuse belle barbe étalée sur le drap, et je me suis approchée comme la veille pour poser le plateau sur la table de nuit. Il a mis un doigt sur ses lèvres en me désignant la cloison. Il ne souriait pas, ne se donnait pas la peine de me faire la cour. C'était décidé dans sa tête, tu comprends, et cela devait se passer comme il l'avait décidé. Il m'a fait signe de m'approcher et, quand j'ai été à portée de sa main, il a rejeté le drap.

— Pourquoi as-tu accepté ?

— Il était quand même trop tard, non ?

Marie comprit qu'elle faisait allusion à M. Clément dans la cave. Sylvie ajoutait honnêtement :

— Et qui sait si, même sans ça...

— Sa femme ne soupçonne rien ?

— Il ne l'avoue pas, mais il a une peur bleue qu'elle vienne au bureau comme cela lui était arrivé quelquefois. Si elle me voyait, elle me reconnaîtrait sûrement et comprendrait.

— Il ne pourrait pas avoir d'autres filles ?

Alors Sylvie avait sifflé sa haine :

— Elles lui coûteraient plus cher. Tu m'en veux encore ?

— Non. Je ne sais pas.

— Qu'est-ce que tu ne sais pas ?

— Ne me questionne pas. Je ne m'en irai pas. S'il est indispensable qu'il vienne encore, préviens-moi, afin qu'il n'arrive plus la même chose qu'aujourd'hui. J'en ai eu les jambes coupées. Je me demande encore comment j'ai pu descendre l'escalier.

— Il faudra pourtant bien que tu y passes un jour.

— Jamais !

— Dans ce cas, tu resteras servante toute ta vie.

— Oui.

Elle n'avoua pas à Sylvie que, dans ses lettres, sa mère parlait souvent d'elle, lui répétait ce qu'on racontait à Fourras, surtout depuis l'enterrement, que c'était une fille perdue et que les Danet ne voulaient plus la voir ni même en entendre parler.

— Bonne nuit, Marie.
— Bonne nuit, Sylvie.

Elle s'endormit toute barbouillée, comme quand on a beaucoup pleuré, alors qu'elle n'avait pas versé une seule larme.

C'était encore, le matin, la fraîcheur des fruits à la devanture du marchand de légumes qui lui rappelait le plus vivement le coin de Rochefort qu'elle avait habité et qui était presque la campagne. Elle s'y arrêta pour mieux les regarder, ce matin-là, et elle respirait l'odeur des pommes, celle des poireaux et des oignons. Pour la première fois, elle remarqua que la marchande portait de vrais sabots, et cela lui fit plaisir ; elle la suivit des yeux avec reconnaissance en pensant à sa mère qui avait décidé, maintenant qu'elle était seule, de vivre tout à fait chez le docteur Cazeneuve et de louer sa maison.

Elle écrivait :

N'aie pas peur. Quand tu viendras en congé, il y aura une chambre pour toi chez le docteur dont la maison est grande et qui me parle souvent de toi, de toutes les fois qu'il t'a soignée quand tu étais jeune. Surtout, ne reste pas trop longtemps sans venir, car je m'ennuie de toi, et n'oublie pas de mettre de l'argent de côté pour tes vieux jours...

— Bonjour, monsieur Laboine. Bonjour, madame Laboine.

— Bonjour, petite.

Ils avaient de l'affection pour elle, ces deux-là, qui envoyaient tous les mois de l'argent à leur fille dont le mari gagnait peu comme employé des postes. Mais c'était quand même à Sylvie, qui, elle, ne l'aimait sûrement pas, qui était incapable d'aimer quelqu'un, qu'elle pensait presque toute la journée, c'était Sylvie qu'elle avait suivie à Paris et, la nuit dernière, elle avait encore dormi dans le lit où Sylvie s'était couchée un peu plus tôt avec un homme.

— Tu as l'air fatiguée, ce matin, petite.

Gentiment, Mme Laboine prenait l'habitude de la tutoyer.

— Non, madame. Je crois seulement que j'ai mal dormi.

Elle mentait, toujours à cause de Sylvie.

— Tu es sûre qu'il n'y a rien qui te tracasse ?

— Sûre, madame. Il ne faut pas faire attention. Il m'arrive parfois d'être comme ça.

La brave femme se méprit.

— Bon ! Je comprends ! Cela nous arrive à toutes et cela ira mieux quand tu seras mariée.

Marie ne protesta pas. Elle avait eu envie de répondre qu'elle ne se marierait jamais, et, comme par hasard, ce fut ce jour-là qu'un homme lui adressa la parole d'une certaine façon.

Dès son entrée, le client d'une heure et demie l'avait cherchée des yeux et il avait l'air presque guilleret. Marie eut l'impression qu'il n'y avait pas longtemps qu'il s'était donné un coup de peigne.

— Bonjour, mademoiselle Marie, dit-il en appuyant sur les syllabes comme si elles avaient soudain un sens spécial.

— Bonjour, monsieur Jean.

Elle allait lui demander, son bloc et son crayon à la main : « Et aujourd'hui, qu'est-ce que ce sera ? »

Il la devança, parla le premier.

— Savez-vous que j'ai été fort surpris, hier, en apprenant que nous sommes voisins ? Vous ne savez peut-être pas que j'habite exactement au-dessus de votre tête ?

Il avouait indirectement qu'il s'était renseigné, car Marie l'avait rencontré vers le troisième étage, et il ne pouvait savoir de quelle chambre elle sortait et même si elle n'était pas en visite.

— C'est vous qui... commença-t-elle, toute surprise, confuse de se sentir les oreilles rouges et chaudes.

— C'est moi qui dois vous réveiller le matin, oui, et je vous en demande bien pardon. À Paris, on devient égoïste. Comme on ne connaît pas ses voisins, on ne prend pas la peine de leur éviter de menus désagréments.

Il choisissait ses mots, devait avoir préparé son discours.

— Je me lève quand même de bonne heure, dit-elle.

— Pas si tôt que moi. Dorénavant, je veillerai à faire moins de bruit.

Sans doute parce qu'il était au bout de son rouleau ou que la présence de M. Laboine derrière le comptoir le gênait, il demanda :

— Que me conseillez-vous aujourd'hui ?

— Je crois que vous n'aimez pas la tête de veau ?

— Non. Vous avez une excellente mémoire.

— Il y a du bœuf gros sel et, avant cela, vous pourriez prendre du pâté de campagne. C'est Mme Laboine qui le prépare.

Sa voix sonnait-elle autrement que d'habitude quand, à la porte de la cuisine, elle lança :

— Un pâté et un bœuf gros sel !

En tout cas, elle en eut l'impression et, de tout le repas, elle n'osa plus regarder M. Jean en face.

Deux jours plus tard, en rentrant dans sa chambre, elle trouva Sylvie qui arpentait la pièce de long en large et qui, pour la première fois de sa vie, fumait gauchement une cigarette.

— Tu fumes, à présent ?

Son amie ne répondit pas, continua à marcher. Et, comme Marie avait soin de ne pas poser de questions, elle finit par déclarer :

— Elle est venue !

— Madame 6 ?

Marie venait d'employer machinalement le mot de Fourras.

— Elle t'a dit quelque chose ?

— À moi, pas un mot.

S'immobilisant enfin, elle articula lentement, en détachant les syllabes :

— Elle a simplement dit à son mari, devant tout le monde : « *Tu me feras le plaisir, Étienne, de mettre cette boniche à la porte.* »

— Et lui, qu'est-ce qu'il a fait ?

— Il a répondu sans broncher : « *Bien, Antoinette.* »

5

La bataille de boules de neige

Chaque jour, on allumait les lampes un peu plus tôt et on avait pris l'habitude de fermer les portes ; toutes les deux heures, dans le poêle de fonte qui luisait au milieu de la salle, Marie versait un demi-seau de charbon aux grains durs et brillants qui faisait, en dégringolant, un bruit d'hiver, et les gens qu'on ne connaissait pas entraient en coup de vent, la moustache humide, pour boire au comptoir un petit marc ou un café arrosé.

Il pleuvait, des trois ou des quatre jours d'affilée, une pluie fine, monotone, qu'on regardait à travers les vitres. Paris était devenu noir et froid, soudain dur, inquiétant, et Marie, comme une chatte, se pelotonnait dans la chaleur des *Caves de Bourgogne*, où régnait toujours une rassurante odeur de cuisine mijotée.

Une fois, un dimanche après-midi que Sylvie était couchée et l'avait presque mise dehors, elle s'était aventurée seule dans des quartiers qu'elle ne connaissait pas et avait été surprise de découvrir tant de devantures déjà préparées pour Noël. Elle était restée longtemps dans la foule, devant les magasins du Louvre, à contempler un spectacle qui l'émerveillait : d'immenses personnages lumineux qui se mouvaient sur toute la largeur du bâtiment, des enfants beaucoup plus grands que nature qui, sur un fond de sapins clignotants, se livraient une bataille de boules de neige.

Les mouvements étaient saccadés, schématiques. On suivait la trajectoire de la boule qui s'écrasait sur un des gosses, et celui-ci tombait, se relevait, lançait de la neige à son tour, et la scène recommençait à l'infini, certains la regardaient vingt fois, trente fois avec un même ravissement.

Elle avait fait la queue avec les familles qui défilaient pas à pas devant les étalages de jouets où les scènes, plus compliquées et plus longues, comportaient des douzaines d'automates, et, quand elle était rentrée, elle avait trouvé son amie qui terminait une lettre.

— Tu écris à ta mère ?
— Non.

Marie comprit. Il arrivait souvent à Sylvie d'écrire, depuis quelque temps, en réponse à des petites annonces. Elle ne prenait plus son petit déjeuner avec Marie, dormait tard, disait avec indifférence :

— Les gens ne tiennent pas à ce qu'on se présente de trop bonne heure. Plus ils sont importants et plus ils arrivent tard au bureau.

C'était pour Sylvie que l'hiver devait être noir et froid, Marie y pensait souvent dans la bonne chaleur des *Caves de Bourgogne*, entre les Laboine qui la traitaient comme quelqu'un de la famille.

Elle avait travaillé trois jours, presque aussitôt après avoir quitté les « Phares Comby », dans un bureau d'exportation de la rue d'Enghien. On ne l'avait pas gardée davantage. Quand elle était revenue, elle avait le regard flou.

— Que s'est-il passé ? Tu t'es disputée ?

— Non. C'est eux qui ont raison. Je ne fais pas l'affaire.

— Pourquoi ?

— Parce que je ne sais rien. J'ai compris, en regardant travailler les autres.

— Pourquoi ne cherches-tu pas un autre genre de place ?

Sylvie l'avait regardée avec une pointe d'impatience, comme on regarde quelqu'un qui s'obstine à ne pas comprendre et qui vous fait chaque fois mal inutilement. Marie n'en avait pas moins suivi son idée.

— Il y a une crémerie, deux maisons plus loin que le restaurant, où l'on demande quelqu'un.

— Pour servir au comptoir ?

La voix de Sylvie était à peine ironique.

— Un peu pour tout. Comme moi. Tu sais comment cela se passe dans les boutiques. Si tu veux, j'en parlerai à Mme Laboine, qui est une amie de la crémière.

— Tu es gentille. Merci.

— C'est oui ?

— C'est non, bien sûr. Si c'était pour ça, à quoi bon être venue à Paris ?

Marie avait soudain cru comprendre et, dans sa tête, avait continué la phrase à sa façon :

« ... À quoi bon n'être pas allée voir son père malade, à quoi bon ne pas avoir assisté à son enterrement et s'être brouillée avec sa famille, à quoi bon M. Luze et la nuit de la combinaison déchirée ? À quoi bon... ? »

Elle admirait Sylvie pour son courage et, par crainte de l'humilier, évitait, le soir, de lui poser trop de questions.

Des journaux traînaient toujours dans la chambre, surtout des journaux de l'après-midi, avec des croix au crayon rouge en marge des petites annonces, et Sylvie avait dans son sac à main un carnet aux pages couvertes d'adresses.

Marie savait qu'elle ne prenait plus ses repas au restaurant, retrouvait souvent des miettes de pain, des papiers gras.

— Te rappelles-tu que nous avons décidé de partager le bon comme le mauvais ?

— Non. J'ai dit, au contraire : chacune pour soi.

— Pas dans ce sens-là. Tu voulais dire que nous gardions chacune notre liberté. Je ne dépense à peu près rien, et tu pourras toujours me rendre plus tard ce que...

— C'est non. Merci quand même de me l'avoir proposé.

— Si les rôles étaient renversés, tu me forcerais d'accepter.

— Tu oublies que je dois être la dame riche et toi la femme de chambre ? N'est-ce pas le jeu ?

Elle avait l'air d'en rire. Elle était toujours belle, malgré sa fatigue, plus belle que jamais. Maintenant qu'il n'y avait plus de M. Luze dans sa vie, Marie pouvait l'épier sans rougir quand elle se déshabillait ou qu'elle faisait sa toilette, et elle était sûre que ce n'était pas une idée, qu'il y avait réellement quelque chose de changé dans le corps de Sylvie. Les seins étaient devenus d'une matière plus vivante, la ligne des hanches plus douce, et les cuisses étaient pleines comme celles d'une femme, tandis que la Marie gardait des cuisses maigres et arquées de petite fille.

— En somme, qu'est-ce que tu veux ?
— Ce que je t'ai toujours dit.
— Devenir riche ?
— Ne plus être pauvre, ne plus être une boniche comme l'a si bien dit Mme Luze.
— Tu préférerais être comme elle ?
— Non.
— Plus ?
— N'essaie pas de comprendre, Marie. Un jour, tu verras, et alors…

Elle devait marcher des heures durant, dans le vent, dans la pluie, avec ses nouveaux souliers aux talons trop hauts, descendre dans le métro surchauffé dont Marie avait si peur, ou bien, le manteau et les pieds mouillés, attendre sans bouger dans des antichambres avec d'autres candidates qui s'observaient férocement.

— Viens au moins manger quelquefois à mon restaurant. Je te servirai bien. Mme Laboine fait de la bonne cuisine.

Un jour que Sylvie avait la grippe et n'était pas sortie, elle avait annoncé le soir à la Marie :

— Il est revenu.
— M. Luze ?
— Cet après-midi, un peu après cinq heures.
— Tu lui as ouvert ?
— Bien sûr que non.
— Comment es-tu certaine que c'était lui ? Il t'a parlé ?
— Il a frappé, a attendu, puis a écrit quelque chose sur une carte de visite qu'il a glissée sous la porte. Tu peux lire. Je l'ai laissée sur la table.

Il n'y avait qu'un mot au crayon : « Quand ? »

— Tu le reverras ?
— Jamais de la vie !

Est-ce par honnêteté ou par une sorte de défi que Sylvie haussait les épaules et laissait tomber :

— Cela ne servirait quand même à rien.
— Tu veux dire qu'il ne te donnerait pas d'argent ?

Sylvie la regarda sans répondre.

— Et s'il pouvait t'en donner ?
— Ne parlons plus de ça, veux-tu ? À la suite d'une de mes lettres, j'ai un rendez-vous pour demain, avenue de l'Opéra, et je vais devoir me présenter la gorge enflée.

Sa voix était rauque, et elle portait un épais pansement humide autour du cou.

— Je suis jolie !

Mais le rendez-vous de l'avenue de l'Opéra ne donna rien, tout au moins immédiatement.

— Ils ont besoin d'une vraie secrétaire qui, par-dessus le marché, doit parler l'anglais. Ce n'est pas mon affaire. Cela m'aura toujours apporté un apéritif.

— Comment ?

— Il y avait quelqu'un avec la personne qui m'a reçue, un homme encore jeune, assez beau garçon, qui m'a regardée tout le temps et s'est arrangé pour se trouver en même temps que moi dans l'escalier.

» — Vous allez vers les Champs-Élysées ? m'a-t-il demandé une fois sur le trottoir.

» J'ai vu qu'il y avait une voiture et j'ai dit oui.

» — À quelle adresse ?

» — Déposez-moi où vous voudrez.

» — Pas avant que vous ayez accepté un cocktail sur le pouce. Je ne suis libre que quelques minutes, mais vous me permettrez peut-être de vous revoir.

— Il ne t'a rien demandé ?

— Seulement mon adresse.

— Tu la lui as donnée ?

— Pas celle-ci. Une adresse à la poste restante.

— Pourquoi ?

— Parce que ici ce n'est sûrement pas son genre.

Elle n'en parla plus les autres jours suivants. Sans doute n'y avait-il pas de lettres à la poste restante, et Sylvie continua à se durcir. Parfois elle avait des yeux de somnambule, comme si elle seule pouvait voir cette chose vers laquelle elle marchait si obstinément.

Marie usait de petites ruses, apportait par exemple des gâteaux en prétendant que c'étaient les restes du restaurant que Mme Laboine lui avait donnés. Une autre fois, furtivement, elle avait glissé un peu de monnaie dans le sac de son amie, et, cette fois-là, elle constata que Sylvie en était presque arrivée à son dernier centime.

Marie vivait la plus grande partie du temps ailleurs, dans une atmosphère paisible et douce, et d'autres préoccupations auraient dû prendre le pas sur les problèmes de Sylvie.

M. Jean lui parlait souvent, et c'était si évident qu'il la regardait avec complaisance que Mme Laboine annonçait quand il entrait :

— Ton amoureux, petite !

Il restait gauche, volontiers sentencieux. Il lui avait raconté presque toute son histoire, à petits coups, un peu chaque jour, comme un roman à épisodes, se souvenant toujours du point où il en était resté la veille, enchaînant, demandant :

— Vous vous rappelez que je vous ai parlé de ma tante Dubul ?

La tante Dubul, oui. Pourquoi trouvait-elle ce nom-là si drôle ? Elle n'aurait pas dû rire de lui. Elle s'en voulait. Il s'appelait Dubul aussi, Jean Dubul, et cette fameuse tante était la sœur de son père, qui habitait Roubaix et qui l'avait élevé quand il était devenu orphelin.

— Elle a travaillé toute sa vie pour me donner une bonne instruction. Maintenant qu'elle est vieille et quasi impotente, c'est à moi de lui rendre le bien qu'elle m'a fait. Tous les dimanches, je prends le train et vais la voir, car elle ne veut pas quitter sa petite maison et Paris l'a toujours effrayée. Paris ne vous a pas effrayée, au début ?

— Il m'effraie encore.

— Moi pas. C'est curieux. Dès que j'ai débarqué à la gare du Nord, je me suis jeté dans la bataille.

Ses lunettes lui faisaient de gros yeux fixes et presque farouches, mais, dès qu'il les retirait pour les essuyer, il avait un regard si doux qu'il en paraissait peureux.

Il travaillait sans relâche. Le matin, jusqu'à une heure, il tenait la comptabilité d'un mandataire aux Halles et, tout de suite après son déjeuner, prenait le métro pour La Villette, où il était occupé jusqu'à huit heures chez un boucher en gros.

Marie l'entendait rentrer vers neuf heures, car Marie, maintenant, sans en rien dire à Sylvie, épiait les bruits de la chambre d'en haut. Le repas qu'il prenait aux *Caves de Bourgogne* était son seul repas chaud de la journée. Le soir, il achetait de la charcuterie ou du fromage, étudiait jusqu'à minuit.

— Voyez-vous mademoiselle Marie, quand j'aurai passé mon examen, qui est un examen très dur, je serai expert-comptable et pourrai prétendre à une position intéressante.

Il ne lui faisait pas la cour dans le sens habituel du mot. Sans doute ne s'était-il pas préoccupé de savoir comment elle était faite et elle se demandait même s'il savait qu'elle louchait. Elle était capable d'écouter avec un air sérieux et intéressé, de sourire aux bons moments, d'un sourire encourageant, et il lui arrivait, d'elle-même, par gentillesse, de demander :

— Comment va votre tante ?

Un incident s'était produit, qui avait apporté à Marie une bouffée de Fourras. Un soir, au lieu de suivre son chemin habituel, elle avait profité de ce qu'il ne pleuvait pas pour faire le tour par le boulevard du Temple. Le trottoir était large, à peu près désert. Marie avait été intriguée par une femme qui marchait à une vingtaine de pas devant elle, courte et large, vêtue de noir, le chapeau de travers, l'allure décidée et hommasse.

Comme il lui semblait que cette silhouette lui rappelait quelqu'un, elle avait hâté le pas et l'avait vue de profil.

C'était Mathilde, la femme de ménage que les Clément avaient embauchée par l'intermédiaire d'un bureau de placement de La Rochelle, celle qui maintenait ses bas à l'aide de cordons rouges. N'était-ce pas extraordinaire qu'elle fût à Paris, justement dans le même quartier qu'elle, plus extraordinaire encore que, parmi des millions d'habitants, il leur arrivât de se rencontrer ? Si Marie avait gardé un doute, la sacoche que la femme tenait suspendue à son bras et qui était la même qu'à Fourras l'aurait convaincue.

Elle avait ouvert la bouche pour appeler, tout en se précipitant ; à ce moment précis, un gamin qui courait, une pile de journaux sur le bras, l'avait bousculée.

Le temps de reprendre son aplomb et elle voyait Mathilde s'engouffrer dans une de ces bouches de métro qui l'impressionnaient toujours.

Elle en parla à Sylvie.

— Tu sais qui j'ai rencontré ?
— Comment le saurais-je ?
— Mathilde.
— Celle des *Ondines* ?

Mais cela n'intéressait pas Sylvie, qui ne posa pas de questions. Pour elle, le passé était bien passé. Jamais elle ne faisait allusion à Rochefort, et, quand, au cours de la conversation, Marie prononçait le nom d'une de leurs compagnes de classe ou de quelqu'un de leur rue, on sentait que cela n'éveillait en elle aucun écho.

Le jour de payer leur chambre pour la quinzaine, Sylvie dit avec une remarquable sécheresse :

— Cette fois, je suis obligée de te laisser payer ma part. Je t'en demande pardon.
— Tu sais bien que je ne demande pas mieux.
— Moi pas.

Un peu plus tard, Marie mit encore un peu de monnaie dans le sac où il restait exactement deux francs, mais, le soir, elle retrouva cette monnaie sur le marbre de la commode.

— Demain, éveille-moi comme avant, à sept heures et demie.

Marie faillit pousser un cri de joie. Ce qui la retint, ce fut le ton neutre, voilé, sur lequel Sylvie avait dit ça.

— Tu as trouvé une place ?

— Je crois que oui.
— Tu n'en es pas sûre ?
— Je le saurai demain.

Dans son lit, Marie se dit qu'il était humiliant d'entrer dans une nouvelle place sans argent et, le lendemain matin, alors que Sylvie dormait encore, voulut en glisser dans son sac. Or, tout de suite, ses doigts rencontrèrent des billets de banque.

S'agissait-il vraiment d'une place ? Fallait-il croire qu'on l'avait payée d'avance, sans savoir si elle ferait l'affaire ? Ou bien Sylvie avait-elle inventé cette histoire, et ce que la Marie craignait était-il arrivé ?

Elle prépara le café, s'habilla, secoua son amie par l'épaule.

— Debout, ma vieille !

Il y avait longtemps qu'elle ne réveillait plus Sylvie et elle fut frappée par son air presque hagard. On aurait dit que son premier sentiment, en étant arrachée au sommeil, avait été la peur. Un instant, son visage avait paru vieilli, et elle avait regardé devant elle comme quelqu'un qui se met sur la défensive.

— Ah ! C'est toi...
— Qui aurais-tu voulu que ce soit ?
— Personne, bien entendu. Quelle heure est-il ?

Elle n'avait quand même pas oublié sa question familière, ni son mouvement pour s'asseoir au bord du lit, la chemise roulée autour du ventre, ses belles cuisses étalées.

— Tu vas loin ?
— À Joinville.

— Je ne sais pas où c'est. Autant me parler du Congo.

— Dans la banlieue, au bord de la Marne. C'est là que se trouve le plus grand studio de cinéma.

— Tu veux faire du cinéma ?

Plus tard, elle devait se souvenir de la réponse catégorique, presque tranchante de Sylvie :

— Non !

À quoi elle avait ajouté, comme sans y attacher d'importance :

— C'est là que j'ai quelqu'un à voir.

La Marie pria, ce matin-là, tout en faisant le nettoyage de la salle qui lui donnait plus de mal en hiver qu'en été, car les clients apportaient de la boue, et il y avait presque toujours au portemanteau des parapluies qui s'égouttaient.

« Mon Dieu, faites que Sylvie réussisse et trouve une bonne place. Faites que ce que j'ai pensé ne soit pas vrai et qu'il ne lui arrive jamais de faire ça. »

Le même jour, par une sorte d'ironie du destin, Jean Dubul risqua une proposition inattendue à laquelle il devait attacher de l'importance, car il toussota plusieurs fois avant de parler.

— Vous m'avez dit que vous ne sortiez jamais, et j'ai pensé que ce n'était pas bon pour une jeune fille de votre âge. Moi-même, je ne m'accorde à peu près pas de répit et je me suis demandé si, ce soir, par exemple, nous ne pourrions pas prendre de petites vacances ensemble, en tout bien tout honneur.

Impressionnée, elle se demandait ce qui allait suivre.

— Accepteriez-vous, mademoiselle Marie, de m'accompagner au cinéma du boulevard Bonne-Nouvelle ? On y donne un très bon film, et c'est à deux pas de notre hôtel.

— C'est que je travaille jusqu'à huit heures.

— Moi aussi. Nous pourrions nous rencontrer devant l'*Hôtel des Vosges* à huit heures quarante-cinq, par exemple.

C'était la première fois de sa vie qu'un homme l'invitait, et M. Jean était à peine sorti qu'elle courrait en faire part à Mme Laboine.

— Vous croyez que je dois y aller ?
— J'espère que tu as dit oui ?
— Je n'ai pas dit non.
— Alors pourquoi me demandes-tu mon avis ?
— Parce que je peux encore en changer.

Ce n'était pas vrai. Elle savait qu'elle ne parlait ainsi que pour se rendre intéressante. Elle en parla à Sylvie aussi, après avoir monté les cinq étages d'une seule haleine.

— Je suis invitée à aller au cinéma.

Sylvie était déjà couchée comme pour dormir.

— Qu'est-ce que tu as, tu es malade ?
— Non.
— Tu as la place ?
— Je ne sais pas encore.
— Cela n'a pas marché comme tu voulais ?

Elle écoutait à peine la réponse, se déshabillait en un tournemain, mettait sa meilleure robe.

— Tu ne m'en veux pas ? Il doit déjà être en bas à m'attendre.

Elle avait espéré des questions, mais Sylvie se contentait de la regarder avec des yeux surpris.

— Je te raconterai plus tard. C'est amusant, tu verras. Je t'ai dit que j'ai rencontré Mathilde ?

— Il y a déjà quatre jours.

— Pardon. J'avais oublié. Bonsoir, Sylvie ! Tu veux que je prenne la clef afin que tu n'aies pas à te relever ?

— Cela m'est égal.

Elle eut des remords, dès le moment même, alors qu'elle était encore dans la chambre, mais c'était plus fort qu'elle. Et puis, est-ce que Sylvie s'était gênée, elle ? Les rôles étaient renversés, voilà tout. C'était Sylvie qui restait à se morfondre et la Marie qui sortait.

La Marie qui sortait ! La Marie qui...

Tout en descendant l'escalier, elle répétait ces mots comme une ritournelle, les chantait dans sa tête, dans tout son être qui volait par-dessus les marches.

La Marie qui sortait !

Elle avait envie d'éclater de rire, pour rien, pour tout. C'était tellement inattendu ! Tellement fou !

La Marie qui sortait ! La Marie qui...

— Tu es sûre que tu n'as pas envie de dormir ?

— J'ai moins envie de dormir que toi de raconter. Tu ne me laisserais quand même pas tranquille.

— Je n'ai rien à te raconter. Il ne s'est rien passé. Nous sommes allés au cinéma. Pour revenir, il m'a offert son bras et il marchait comme à une noce.
— Pourquoi parles-tu si bas ?
— Chut !

Et, montrant le plafond où on entendait des pas :
— Il est là-haut.
— C'est comme cela que tu l'as connu ?
— Non. Il vient tous les jours déjeuner au restaurant.
— Il t'a proposé de l'épouser ?
— Pas encore.
— Il ne t'a pas demandé de coucher avec lui ?
— Tu es folle ? Ce n'est pas un homme comme ça. Tu n'as vraiment pas sommeil ? Tu veux que je te répète tout ce qu'il m'a dit de lui, de sa tante, des examens qu'il prépare ?

Elle se souvint des billets de banque que sa main avait palpés dans le sac de Sylvie, et sa joie en fut gâchée.

— Mais, toi, es-tu sûre que tu n'as rien à me dire ?
— Sûre et certaine.
— Il ne t'est rien arrivé de mal ?

Elle n'osait pas préciser sa pensée, même en esprit. Cela se confondait avec les rues noires sous la pluie, avec la lumière étrange des becs de gaz et les silhouettes qu'on voyait tapies sur certains seuils, les visages qu'on découvrait un instant quand ils sortaient pour y rentrer aussitôt.

C'était ce Paris-là qu'elle imaginait à Rochefort quand Sylvie lui parlait de son projet et dont le seul nom lui mettait une sensation angoissante dans la gorge, une sorte de picotement chaud dans tout le corps.

— Dis, Sylvie, insista-t-elle en se penchant sur elle comme pour respirer son odeur, comme pour savoir son odeur.

— Parle-moi de ton amoureux, trancha l'autre avec la voix un peu lasse, mais ferme d'un adulte s'adressant à un enfant trop insistant.

— Comme tu voudras. Tu le trouverais sans doute ridicule, à cause de ses gros verres, de sa façon de marcher, de se tenir, de parler. Il est toujours conscient de sa valeur, tu comprends, ou plutôt il voudrait faire croire qu'il est sûr de lui, mais c'est un timide qui doit trembler au moment de m'adresser la parole.

De fil en aiguille, parce qu'elle avait commencé, elle lui raconta tout : la tante Dubul dans sa petite maison de Roubaix, en face du canal, le mandataire aux Halles qui avait fait deux fois de la prison et le boucher de l'après-midi qui savait à peine lire, sans compter le si difficile examen d'expert-comptable.

— C'est le mari qu'il te faut, non ?

— Je ne me suis pas posé la question.

— Tu verras que tu te la poseras.

— Qu'est-ce que tu penses que je répondrai ?

— Oui, bien sûr ! Du moment qu'on se pose cette question-là, ce n'est jamais pour répondre non.

— Tu parles comme Mme Laboine.

— Tu vois ? Eh bien ! bonne chance, ma fille. Maintenant, va te coucher et rêve doux.

— On dirait que tu es fâchée.

— Moi ? Je te jure bien que non.

— Ou que tu m'en veux.

— De quoi pourrais-je bien t'en vouloir, bon Dieu ?

— Je parie que tu te figures que je vais te quitter.

— Et après ?

— D'abord, il n'y a rien de sûr. Ensuite, comme je le connais, il prendra son temps, et il y a des chances pour que tu sois mariée avant moi.

— Tu es gentille de te donner tant de mal.

— Je dis ce que je pense. Il se passera au moins un an avant que...

— Mais oui. Dors !

— Tu vois que tu es fâchée.

— Zut et zut ! Est-ce que je peux éteindre ? Tu te couches, oui ?

La poire électrique se trouvait du côté de Sylvie. Elle avait le corps brûlant, et Marie, pour la première fois, eut l'impression que son amie reculait à son approche.

« Mon Dieu, pria-t-elle à nouveau, faites que Sylvie... Mon Dieu ! Arrangez tout cela pour le mieux, que chacun soit heureux, et faites aussi Jean... »

Elle s'embrouillait. Elle était si joyeuse, tout à l'heure, quand elle descendait l'escalier, toute vibrante de sa chanson !

« *La Marie qui sort. La Marie qui…* »

Elle ne voulait pas avoir de cauchemars, et voilà que, sans qu'elle fût complètement endormie, la silhouette de Louis s'approchait de la fenêtre, la fenêtre de Fourras ; puis son visage se précisait dans la lumière, grossissait comme les visages du cinéma, mais c'était un Louis qui ne souriait plus pour mendier une caresse, un Louis tragique qu'elle n'avait jamais vu, Louis tel qu'il devait être dans le placard aux balais, pendant les quatre heures qu'il avait mis à se décider à mourir.

Est-ce qu'il savait ce qui l'obligeait à s'en aller ? Est-ce qu'il l'avait su, à la dernière seconde, avant de passer de l'autre côté où il n'y avait plus de Marie ni de Sylvie, de religieuses, de rues noires qui s'enchevêtrent et où des gens marchent de toute la vitesse de leurs jambes comme s'ils avaient hâte de se perdre ?

La Marie tâta le lit, toucha de la chair.

— Sylvie, appela-t-elle. J'ai peur !

— De quoi as-tu peur, à présent !

— Je ne sais pas. Allume !

Sylvie alluma docilement, tourna la tête pour la regarder.

— Tu dormais déjà ? Tu as fait un cauchemar ?

— Peut-être. Non. Je… Rien ! Je te demande pardon de t'avoir éveillée.

Sylvie, soulevée sur un coude, les seins visibles dans l'entrebâillement de la chemise de nuit, l'examinait curieusement, et ces seins, justement, rejetaient Marie dans ses transes.

— Nous ne nous quitterons pas, dis ?

— C'est toi qui, tout à l'heure...

— Je ne veux pas te quitter. Il ne faut pas. Promets !

— J'éteins. Dors.

— Tu es dure avec moi.

Silence.

— Pas seulement avec moi. Tu le fais exprès d'être dure, avoue-le.

— Tais-toi.

— Parce que tu crois que...

— C'est fini, non ? Tu tiens à ce que je sorte de la chambre ?

— Bon. Excuse-moi. Bonne nuit.

— Bonne nuit.

Et cela prit cinq jours exactement, cinq jours pendant lesquels on n'entendit parler que de Noël tout proche. Aux *Caves de Bourgogne*, on préparait un petit arbre dans le coin du comptoir, et Mme Laboine commençait à s'occuper des boudins. Car il y aurait un souper de réveillon, non pour les clients de passage, mais pour les quelques habitués célibataires ou veufs qui ne savaient où aller et pour quelques commerçants du voisinage.

On tenait une liste à jour. On y ajoutait des noms et on en barrait. La crémière et son mari en seraient. C'était une femme toute petite, toute ronde, aussi fraîche que ses mottes de beurre, qui avait une voix haut perchée de petite fille. Son mari, au contraire, était un grand Auvergnat sec dont les bras velus étaient peu appétissants parmi les fromages et pots de crème.

Il venait de temps en temps boire un verre et avait une façon particulière d'essuyer ses moustaches. Ils avaient trouvé la servante qu'ils cherchaient et qui, comme Marie, venait tout droit de sa province. C'était une Bretonne qu'on voyait passer, quand elle allait livrer les bouteilles de lait, et qui paraissait si désemparée que la Marie ne pouvait s'empêcher de rire.

— J'ai été comme ça, n'est-ce pas, madame Laboine ? Je me souviens que je n'osais pas traverser les rues et qu'une fois un agent a arrêté la circulation exprès pour moi. Je me demande encore si c'était pour se moquer ou parce qu'il avait pitié.

Sylvie ne se levait déjà plus à sept heures et demie du matin. Elle reçut une lettre d'un de ses frères, Maurice, qui avait quinze ans, mais ne parla pas de son contenu. Elle ne dut pas lui répondre. Elle ne lisait plus les petites annonces. Elle passait encore dehors la plus grande partie de la journée, mais n'avait plus l'air de chercher une place. Peut-être en avait-elle une où elle ne commençait pas de bonne heure ?

Souvent, quand il leur arrivait de se regarder, elles détournaient toutes les deux la tête. Mais il faut dire que c'est Marie qui commençait, elle n'aurait pas pu expliquer pourquoi. Elle se sentait mal dans sa peau, ne parvenait plus à chasser l'image de Louis qui lui revenait sans cesse à l'esprit.

Le dimanche, Jean Dubul se rendit comme d'habitude à Roubaix. Il figurait sur la liste du réveillon. Il avait tenu, le vendredi, à y inscrire lui-même son nom, d'une façon un peu solennelle comme il faisait toutes choses, et rien que par le geste dont il tendait la feuille à Marie il laissait entendre que ce qu'il venait de faire avait de l'importance à ses yeux.

— Il ne manquera probablement que la neige ! remarqua-t-il. À Roubaix, nous en avons presque toujours. En tout cas, il y en avait quand j'étais petit, et nous organisions des batailles.

Comme sur la grande façade des magasins du Louvre ! Elle le voyait si mal roulant dans la neige, les jambes en l'air !

À cause de lui, le dimanche, elle alla revoir le magasin, et Sylvie l'accompagna, puis, sans explication, la quitta au coin de la rue de Rivoli et descendit dans le métro.

— À ce soir !

Marie se rendit seule au cinéma, celui du boulevard Bonne-Nouvelle où Jean Dubul l'avait conduite.

Dimanche. Lundi.

On ne le vit pas aux *Caves de Bourgogne* ce lundi-là, et pourtant elle avait entendu son pas le matin. Elle ne savait pas à quelle heure il était rentré la veille, car il prenait un train assez tard.

Le mardi non plus il ne vint pas, et M. Laboine suggéra en plaisantant, pour taquiner Marie, de le biffer de la liste du réveillon.

Marie ne rentra pas à l'hôtel tout de suite. Elle se sentait triste. Elle prit le boulevard Bonne-Nouvelle, passa devant le cinéma dont elle avait vu le film l'avant-veille et marcha jusqu'à la Porte Saint-Denis.

Il y avait des filles presque tout le long du trottoir, haut perchées sur leurs talons ; elles faisaient quelques pas nonchalants et se retournaient, repartaient, s'arrêtaient devant chaque passant à qui elles balbutiaient quelques mots, toujours les mêmes, comme une litanie, repartaient encore en haussant les épaules ou en grommelant une injure.

Un homme se retourna sur Marie aussi, dont il n'avait vu que la silhouette dans l'ombre, se laissa dépasser par elle, s'arrangea pour la rattraper sous un bec de gaz et fit définitivement demi-tour.

Les cinq étages lui parurent plus longs que les autres jours. Elle n'avait pas trouvé la clef au tableau. La porte était ouverte, mais la chambre était vide.

Immédiatement elle entendit du bruit au-dessus de sa tête et s'arrêta de respirer.

C'étaient des rires qu'on entendait là-haut, et tout un vacarme de pas, comme si des gamins se battaient avec des boules de neige.

Mais il n'y avait ni neige, ni enfants.

Elle savait. Elle avait su depuis toujours.

Sans retirer son chapeau, elle alla prendre sa valise dans le placard, ouvrit les tiroirs et entassa ses affaires pêle-mêle.

Ce n'était pas à Jean Dubul et à ses grosses lunettes qu'elle pensait. C'était à Louis, debout dans l'encadrement de la fenêtre, qui contemplait avec des yeux gourmands les beaux seins de Sylvie.

Furtivement, avant de partir, comme si elle ne le faisait pas exprès, elle toucha la place de celle-ci dans le lit. Puis, les lèvres pincées, les yeux secs, très noirs et brillants, elle ouvrit la porte et commença à descendre.

Elle avait laissé la clef sur la porte. À un bout de la rue régnaient les lumières et le bruit, à l'autre c'étaient les trottoirs vides de la rue de Turenne et les *Caves de Bourgogne* aux volets clos.

De grandes bourrasques de vent semblaient vouloir lui arracher son manteau.

DEUXIÈME PARTIE

1

Le défilé de la Victoire

Une première fois, Sylvie avait revu la Marie, au printemps 1945, le matin du défilé de la Victoire, et le soleil, ce jour-là, au-dessus des Champs-Élysées et de l'Arc de Triomphe, avait un éclat de fanfare.

Sylvie se trouvait avec Omer, à un balcon, au quatrième étage d'un immeuble, près de la rue de Berri, dans les bureaux d'une agence de publicité dont Omer était l'un des plus gros clients. Aux autres fenêtres se tenaient des groupes qu'ils ne connaissaient pas et certains avaient apporté du champagne, allaient parfois s'asseoir sur les bureaux inoccupés. C'était curieux de voir à quel point, ce jour-là, les papiers entassés dans les classeurs, les notes sur les blocs, près des machines à écrire, avaient peu d'importance.

À certains endroits, sur les trottoirs, on comptait plus de dix rangs de spectateurs, les enfants juchés sur les épaules des pères, et des malins avaient apporté des échelles doubles ou des escabeaux.

Vers dix heures du matin, alors qu'on attendait, les regards tournés vers l'Étoile, la tête du cortège, c'était le trottoir d'en face qui recevait le soleil en plein ; parfois une poussée se produisait, sans raison, comme une vague plus forte que les autres submerge un rocher, les sergents de ville et les soldats du service d'ordre étaient obligés de se donner la main en s'arc-boutant pour résister à la pression de la foule.

Au cours d'un de ces incidents-là, Sylvie avait abaissé ses jumelles vers les spectateurs dont les visages lui apparurent tout à coup isolés les uns des autres, en premier plan, et un de ces visages était celui de la Marie.

Depuis vingt-trois ans, elle ne savait rien d'elle, n'avait jamais eu de ses nouvelles, et voilà qu'elle la retrouvait au milieu d'un million de Parisiens massés sur la grande avenue. Sylvie était sûre de ne pas se tromper. C'était bien la Marie qui louchait toujours et qui, davantage qu'autrefois, tenait une épaule plus haut que l'autre.

Ce qui l'étonna surtout fut de la trouver si petite. Elle avait toujours su que Marie n'était pas grande, mais ici, coincée entre un garde mobile et une forte femme rousse vêtue d'une robe tricolore, elle faisait presque figure de naine.

Elle était au tout premier rang. Elle ne s'y était certainement pas faufilée, car ce n'était pas dans son caractère, à elle qui demandait pardon quand on la bousculait. Cela signifiait qu'elle était là, debout depuis la veille au soir, quand la radio avait annoncé, vers onze heures, que les trottoirs commençaient à se garnir de spectateurs décidés à passer la nuit sur place.

La Marie, comme les autres, regardait vers l'Étoile, où l'on ne voyait encore que des agents et des officiels qui s'affairaient, des motocyclistes qui rasaient lentement la foule en pétaradant.

Au fait, comment était-elle habillée ? C'était curieux que Sylvie ne l'eût pas remarqué. En sombre, en tout cas, car elle se souvenait que la silhouette de Marie tranchait avec la robe aux couleurs vives de sa voisine. Elle portait un petit chapeau, sombre aussi. Ce dont Sylvie était sûre, c'est que le visage n'était plus aussi anguleux. Marie n'avait pas grossi à proprement parler, mais elle avait maintenant deux petites pommettes rondes qu'on eût dites en cire, comme on en voit aux bonnes sœurs. Si la poitrine était toujours aussi maigre et étroite, Sylvie avait l'impression que les hanches s'étaient élargies. Elle n'en était pas sûre. Peut-être était-ce la robe, ou un effet d'optique ?

Elle avait failli passer les jumelles à Omer, assis sur une chaise à côté d'elle, lui dire en désignant la silhouette sombre : « C'est Marie qui louche, l'amie avec qui j'ai passé mon enfance à Rochefort et qui m'accompagnait quand je suis arrivée à Paris. »

Il est probable qu'elle l'aurait fait si, à ce moment-là, une sorte de vague n'avait soulevé la foule en même temps que des musiques éclataient au haut de l'avenue et si, juste dans l'axe de l'Arc de Triomphe, qui se détachait sur du bleu pur, on n'avait vu s'avancer les premiers drapeaux.

Plus tard, Sylvie avait braqué ses jumelles sur le même endroit. C'était pendant un arrêt des chars d'assaut. À la faveur du défilé, des gens s'étaient poussés, d'autres avaient surgi on ne savait d'où, et quatre soldats américains se trouvaient au premier rang, là où Sylvie avait vu son amie.

Peut-être le chapeau orné d'une plume qu'on voyait parfois s'agiter entre leurs épaules était-il celui de Marie ?

Une seconde fois, les deux femmes se rencontrèrent vraiment, se heurtèrent l'une à l'autre, cinq ans plus tard, en février 1950, dans la partie de la rue Saint-Honoré qui avoisine la place Vendôme. La nuit était tombée. Il faisait très froid, et de minuscules grains blancs, comme de la poussière de neige, flottaient dans l'air, traçaient petit à petit des lignes entre les pavés.

Sylvie sortait en coup de vent de chez sa lingère, la seule capable de lui faire des soutiens-gorge satisfaisants. Elle venait de s'élancer sur le trottoir quand elle faillit renverser une passante et elle aurait continué son chemin si une voix n'avait prononcé :

— Sylvie !

C'était la Marie, immobile, qui la fixait avec des yeux écarquillés et dont les lèvres tremblaient comme si elle allait pleurer.

— Toi ! dit Sylvie à son tour.

Elles hésitaient toutes les deux. Elles avaient eu honte d'un premier élan, puis elles avaient été gênées de leur retenue, de sorte qu'elles ne savaient plus que faire et qu'elles finissaient par s'embrasser avec contrainte.

Ce fut Sylvie qui murmura :

— Je me demandais si je te reverrais jamais. Tu n'as pas changé. Tu es restée exactement la même.

Ce n'était pas vrai. Elle ne s'était pas trompée, cinq ans plus tôt, le matin du défilé. Les hanches de Marie, son derrière avaient pris un embonpoint inattendu, sans proportion avec sa petite tête et son buste. N'était-ce pas Mme Niobé, à Fourras, qui était à peu près bâtie de la sorte ? Chez Marie, cela paraissait presque artificiel.

Marie, qui dévorait Sylvie des yeux, en avait trop gros sur le cœur pour pouvoir parler.

— Maintenant que je t'ai retrouvée, méchante, il faudra que nous nous revoyions.

Elle n'osait pas lui demander si elle était mariée. À la voir, elle était presque sûre que non.

— Où habites-tu ?

— Place des Vosges.

— Je veux que tu viennes me voir, ou c'est moi qui irai te chercher. Je vais te donner mon adresse.

L'auto était au bord du trottoir, avec l'essuie-glace qui fonctionnait par saccades, et Lucien, le chauffeur, qui attendait près de la portière. Alors que Sylvie ouvrait son sac pour y prendre une carte, Marie avait dit calmement :

— Je sais où tu habites.

— Ah !

— J'ai eu de temps à autre des nouvelles de toi par les journaux.

— On se reverra bientôt, n'est-ce pas ? Il ne faut pas m'en vouloir, Marie. Je te jure que ce n'est pas une excuse, mais j'ai un rendez-vous d'une extrême importance et je suis déjà en retard.

Marie avait-elle remarqué que son amie avait l'air préoccupée, le visage aussi tendu que pendant les semaines noires de l'automne 1922 ?

— À très bientôt. Ne m'en veuille pas.

Elle avait hésité, pris la Marie par les épaules où on sentait les os comme à un poulet et avait répété d'une voix un peu sourde :

— Ne m'en veuille de rien, Marie !

Trois mois, pourtant, avaient encore passé. Marie n'était pas venue rue Pichat. Sylvie ne s'était jamais attendue à ce qu'elle vienne. Et, de son côté, elle n'avait même pas l'adresse exacte de la place des Vosges.

Or, voilà que c'était elle qui cherchait la Marie par un tiède midi de mai. Elle n'avait pas pris la limousine d'Omer, mais sa voiture personnelle qu'elle avait laissée au coin du Pas-de-la-Mule. Elle portait un tailleur clair, très élégant encore que simple, et n'avait pas osé entrer dans le petit café du coin pour se renseigner.

Toutes les maisons de la place se ressemblaient, et elle avait pénétré sous une voûte au hasard, questionné une concierge qui déjeunait déjà dans sa loge en lisant le journal.

— Vous ne connaissez pas Marie Gladel ?

— Elle vous a dit qu'elle habitait la maison ?

— Non. Mais elle habite la place des Vosges. C'est une personne qui louche.

— C'est fort possible, mais je ne la connais pas.

La concierge paraissait satisfaite d'avoir remis à sa place cette dame bien habillée, qui avait un gros diamant au doigt et qui s'imaginait sans doute que tout le monde allait se couper en quatre pour elle.

Pourtant, Sylvie avait les yeux presque hagards et ne songeait à rien moins qu'à impressionner les gens. Elle passa deux ou trois maisons, pénétra sous une autre voûte. Un écriteau annonçait que la concierge était dans l'escalier, et un gamin qui jouait dans la cour lui répondit que ce n'était certainement pas là qu'habitait la personne en question, car il connaissait tout le monde.

Heureusement qu'un peu plus loin il y avait un dépôt de lait.

— Je sais qui vous voulez dire. J'ignore son nom, car elle ne se sert pas ici, mais c'est sûrement la gouvernante du vieux M. Laboine qui habite au 21 *bis*.

Le nom ne frappa pas Sylvie, ne lui rappela rien. Le 21 *bis* était presque au coin de la rue de Turenne, et ici aussi, la concierge la regarda avec des velléités d'hostilité, encore qu'il n'y eût rien d'agressif ou d'arrogant dans le comportement de Sylvie.

— M. Laboine ? C'est au second, la troisième porte dans le couloir.

— Vous croyez que sa gouvernante y est ? C'est bien Marie Gladel ?

— Mlle Marie, oui. Elle est sûrement là-haut à cette heure-ci. D'ailleurs je l'ai vue monter vers dix heures, et elle n'est pas repassée.

Il fallait traverser une cour pavée, au fond de laquelle poussaient quelques arbustes comme chez Omer. La différence, c'est que les immeubles de la place des Vosges n'étaient plus des hôtels particuliers. Un vaste escalier de chêne conduisait au premier étage, où l'appartement devait être important et somptueux, mais ensuite l'escalier devenait plus étroit, la rampe était en fer et les murs sales.

Le couloir était sombre, les portes brunes. Devant la troisième, Sylvie s'arrêta, tira un mouchoir de son sac pour s'essuyer la lèvre supérieure où perlait de la sueur. Un gros cordon de laine rouge et verte pendait, qu'elle secoua avec hésitation, et une sonnette qui ressemblait à une sonnette d'enfant de chœur tinta à l'intérieur.

On n'entendit pas de pas s'approcher. Un certain temps s'écoula avant que la porte s'entrouvrît, et Sylvie se trouva en face du visage aux pommettes de cire de son amie.

De quoi Marie avait-elle soudain peur ? Elle n'ouvrait pas la porte tout de suite, comme tentée de se protéger de Sylvie.

— C'est toi !

Allait-elle lui refermer la porte au nez ? Ou bien sortir de l'appartement et la recevoir dans le couloir ?

— Je te dérange ?
— Non. Entre.

Elle en prenait son parti, introduisait Sylvie dans l'appartement où régnait une odeur sourde et un peu écœurante.

— C'est possible que je te parle en particulier ? C'est tellement important, vois-tu…

— Comment m'as-tu trouvée ?

— Tu m'avais dit place des Vosges. Je me suis renseignée dans le quartier.

Elles traversaient une antichambre qui servait de débarras, pénétraient dans une pièce dont les hautes fenêtres s'ouvraient sur la place ensoleillée. Du dehors venait le bruit monotone d'une fontaine. Près d'une des fenêtres, une couverture sur les genoux, une casquette sur la tête, un vieillard était assis, qui regardait la visiteuse s'avancer.

— Je vous demande pardon, monsieur, d'être venue relancer Marie chez vous, mais…

Les yeux ne bougeaient pas. On n'y lisait aucun intérêt.

— Ce n'est pas la peine dit tranquillement la Marie. Il est complètement sourd.

— Je peux vraiment parler devant lui ?

— Tout ce que tu voudras. Il est aussi inoffensif qu'un enfant qui vient de naître.

Marie adressa au vieillard un sourire protecteur.

— Il n'a plus tout à fait sa tête à lui.

— Vous vivez ici tous les deux ? Depuis longtemps ?

— Depuis dix ans qu'il est revenu d'Amiens, où il avait l'impression d'être à charge.

Marie lui désignait une chaise à fond de velours cramoisi.

— Assieds-toi.

Le velours de la chaise, les tapis par terre, les tentures, tout avait une teinte indéfinissable, tout était d'une propreté douteuse, ou plutôt les gens qui avaient usé ces choses y avaient laissé leur trace, et on hésitait à les toucher comme on hésite à toucher des linges intimes.

— Alors, qu'est-ce que tu racontes ?
— Tu n'es jamais venue me voir.
— Avoue que tu ne t'attendais pas à ce que j'y aille.
— Tu as l'intention de me disputer ?
— Mais non. Je suis contente de te voir.
— C'est vrai ?
— Vrai.
— Tu ne m'en veux plus ?

Marie baissa un instant la tête, et son geste était celui d'une bonne sœur aux mains croisées dans ses manches. Sylvie remarqua qu'elle avait les mains très petites et potelées. Elle n'avait jamais fait attention à ses mains autrefois.

Alors, changeant de ton, elle parla d'une autre voix, de ce qu'on aurait pu appeler sa voix d'avant.

— Marie !
— Oui ?
— J'ai besoin de toi. Il faut absolument que tu m'aides.

Elle l'épiait, respirait déjà plus librement en constatant qu'elle ne disait pas non.

— Tu es sûre qu'on peut parler devant lui, même de choses extrêmement importantes qui doivent rester secrètes ?

— Tu peux parler. Attends seulement que je lui donne sa pipe pour qu'il se tienne tranquille.

Et, avec des mouvements qu'on devinait familiers, elle bourra une grosse pipe en écume, la porta à ses lèvres, l'alluma. C'était inattendu de voir Marie se profiler dans le rectangle clair de la fenêtre avec une pipe à long tuyau à la bouche, et pourtant Sylvie ne souriait pas. Le vieillard la suivait des yeux, émit un petit bruit reconnaissant quand elle lui glissa la pipe entre les dents et, d'une main qui tremblait, en saisit maladroitement le fourneau.

— Il a quatre-vingt-sept ans. C'est le seul plaisir qu'il lui reste. Tu disais ?

— Il faut d'abord que je m'excuse de ne pas te demander de détails sur ta vie. Ce n'est pas que cela ne m'intéresse pas, mais le temps presse tellement…

Elle regarda l'heure à son bracelet-montre. De sa place, Marie voyait l'horloge électrique de la place des Vosges qui marquait midi et demi. Sylvie était fébrile, mal à l'aise. Elle devait avoir peur d'un faux pas et jetait des coups d'œil anxieux à son ancienne amie.

— Quand nous nous sommes rencontrées cet hiver, tu m'as dit que tu avais parfois de mes nouvelles par les journaux. Tu connais donc ma situation.

— Plus ou moins.

Marie n'avait l'air ni d'approuver ni de désapprouver.

— Ce que j'ai besoin de savoir avant tout, c'est si tu accepterais de me rendre un service et si tu pourrais te rendre libre pour quelques jours.

Marie lui désigna du regard le vieux monsieur Laboine dont la pipe laissait échapper un filet de fumée bleue.

— Il n'est pas possible de trouver quelqu'un pour te remplacer ? Attends ! J'ai une idée toute simple. Je vais, en sortant d'ici, m'arranger pour avoir une infirmière professionnelle qui viendrait tout de suite.

— Je n'aime pas beaucoup le laisser avec de nouveaux visages autour de lui. Va toujours. De quoi s'agit-il ?

— Tu tiens à ce que je t'explique tout maintenant ?

— Ne me dis que ce que tu croiras bon de me dire.

C'était peut-être une douceur nouvelle dans les attitudes et dans la voix de Marie qui déroutait le plus Sylvie. Par une sorte de pudeur, elle avait tourné le diamant de sa bague à l'intérieur. Elle l'avait mise machinalement, ce matin-là, parce qu'elle la portait toujours et que la bague se trouvait sur sa coiffeuse.

Elle se leva, marcha, incapable de parler en restant immobile sur cette chaise de parloir.

— Écoute. Je te donnerai plus de détails un de ces jours. Je ne te cacherai rien, je le promets. Je répondrai à toutes les questions. Tu te souviens de ce que je t'ai dit quand nous sommes parties ?

— De Fourras ?

— Oui. Un jour, tu m'as demandé où je voulais en arriver. Tu croyais que je tenais à devenir riche.

— Tu l'es, non ?

Cela dépend de ce que tu entends par-là. Peu importe. Ce serait trop long. Puisque tu as lu les journaux, tu as entendu parler d'Omer Besson.

— Et de son frère Robert.

Sylvie eut un mouvement d'impatience. Marie était toujours la même. Elle le faisait exprès, avec un petit air innocent.

— Si tu y tiens. Peu importe. Cela va te paraître cru, raconté en quelques mots, mais les minutes comptent trop pour que je fasse des phrases. Omer a rédigé un testament qui me laisse la plus grande partie de sa fortune et son hôtel particulier de l'avenue Foch.

— Sa femme ne l'habite-t-elle pas ?

— Si. Et aussi son neveu Philippe avec sa femme.

— Alors ?

— Omer et elle sont mariés sous le régime de la séparation des biens. D'après le testament, sa femme n'aura rien.

Marie retrouvait un certain aspect de la Sylvie d'autrefois, au visage dur, à la voix sèche.

— Je suppose que tu trouves que j'ai tort ?

— Je ne te juge pas.

— Moi, je t'affirme que, quand tu sauras tout, tu me donneras raison. Tu as confiance en moi ?

Marie préféra ne pas répondre, et une rougeur monta aux joues de Sylvie, qui avait compris.

— Oh ! Si c'est à cela que tu penses…

— Je ne pense à rien de particulier, je t'assure.

— Dans ce cas, laisse-moi finir, car c'est plus que jamais une question de temps. Il y a deux jours, alors qu'Omer se trouvait chez moi, il a été pris d'une congestion cérébrale.

Marie eut un léger mouvement, mais Sylvie poursuivit sur le même ton :

— Il n'est pas mort. Malheureusement. Je le dis franchement, car, de toute façon, il n'en a que pour quelques jours ou tout au plus pour quelques semaines. J'ai aussitôt appelé son médecin, bien entendu, qui lui a donné tous les soins voulus. Il n'a pas pu empêcher que la moitié du corps reste paralysée, de sorte qu'Omer ne peut plus ni marcher, ni parler, ni rien faire par lui-même. Tu m'écoutes ?

— Oui.

— Il n'est pas aussi vieux que ton patron, mais il a quand même soixante-quatorze ans.

— Je ne le croyais pas aussi âgé.

Marie calculait qu'elle avait quarante-six ans et que Sylvie, plus jeune de dix mois, en avait donc quarante-cinq. Elle était restée belle et, à la voir habillée, on aurait juré que son corps n'avait pas changé, sinon, en prenant du moelleux, pour devenir encore plus désirable.

— Je suis sûre du docteur Descout, qui est mon médecin depuis des années, et il n'a certainement parlé de rien à personne. D'autre part, depuis longtemps, il arrivait à Omer de passer plusieurs jours chez moi d'affilée. Je me demande comment la fuite a pu se produire.

— Ta femme de chambre ?

Un instant, Sylvie crut qu'elle disait cela par ironie, faisant allusion à leurs jeux de petites filles, mais Marie avait le visage sans expression.

— Je ne le crois pas. La cuisinière non plus. Elles me sont dévouées. Ce serait plutôt le concierge qui se serait laissé graisser la patte par Philippe.

— Philippe ?

— Le neveu. Peu importe. Toujours est-il que, dès hier soir, ils ont su, avenue Foch. Au lieu de me téléphoner pour me demander des nouvelles ou de venir me voir, ils ont envoyé une ambulance – remarque que les deux maisons sont à cent mètres l'une de l'autre – avec pour instruction de ramener Omer à son hôtel.

— Qu'est-ce que tu as fait ?

— J'ai renvoyé l'ambulance. Alors, ce matin, je l'ai vue stationner à nouveau devant ma porte. Les infirmiers ne sont pas montés immédiatement. Ils avaient l'air d'attendre quelque chose. Puis Philippe a tourné le coin de l'avenue Foch en compagnie du médecin de la famille, et je les ai vus entrer dans l'immeuble. J'ai été tentée de ne pas leur ouvrir. Connaissant Philippe comme je le connais, j'ai pensé qu'il irait chercher la police sans se préoccuper du scandale.

— Ils l'ont emmené ?

— Oui. Je ne voulais pas le laisser partir, mais ils m'ont menacée de la police, en effet, devant le pauvre homme qui me regardait d'un air suppliant. Il était dix heures. Maintenant, je te dis tout de suite ce que j'ai fait. Ce sont des gens qui changent sans cesse de domestiques, une vraie maison de fous, et je sais par Omer que sa femme s'adresse toujours au même bureau de placement, un bureau de placement chic, avenue Victor-Hugo.

— Tu y es allée ?

— J'ai eu la chance que la directrice soit une femme qui en a vu d'autres et qui comprend à demi-mot. À l'heure qu'il est, ils ont dû lui téléphoner pour qu'elle leur envoie une garde, car personne ne se soucie de passer des jours et des nuits au chevet d'Omer. Écoute-moi bien, Marie. Ne sursaute pas. Ne réponds pas tout de suite. Vois-tu, j'ai atteint le moment capital de toute ma vie. Ou bien je réussis, ou bien tout ce que j'ai fait ne sert à rien. Tu comprends ce que cela signifie ?

— Je crois, dit Marie à voix basse.

— Eh bien ! mettons que ce soit encore dix fois plus que tu l'imagines, cent fois plus. Le docteur Descout est persuadé que l'hémiplégie ne peut pas être enrayée. Mais il faut toujours compter sur un miracle. Il est possible qu'un mieux passager se produise, pendant quelques minutes ou quelques heures, et qu'immédiatement après ce soit la fin. S'ils tiennent tant à l'avoir avenue Foch, ce n'est pas par affection, car ils le détestent.

Tiens ! Elle n'avait pas oublié ce mot-là, qu'elle prononçait toujours avec autant de passion.

— Ils connaissent l'existence du testament. Omer leur en a parlé. Il ne leur a jamais caché ses intentions, au contraire, car il lui arrivait d'être féroce. Suppose, maintenant, que, dans l'état où il est, ils parviennent à reprendre de l'ascendant sur lui. Ils vont jouer le grand jeu, appeler un prêtre, le notaire, sans doute aussi Robert à la rescousse. Tout le monde l'entourera, et on ne lui laissera de répit que quand il aura signé un nouveau testament.

Marie, pelotonnée sur sa chaise, la regardait avec de tout petits yeux noirs.

— C'est à toi que j'ai pensé. Tu as le téléphone ?

— Qu'est-ce que nous ferions avec le téléphone ?

Elle alla retirer la pipe éteinte des lèvres du vieux M. Laboine.

— Je vais descendre, téléphoner d'une cabine publique. Je dirai au bureau de placement que c'est arrangé. Si l'avenue Foch les a déjà appelés, tu n'auras qu'à aller te présenter comme garde, et ils ne te poseront même pas de questions. Je les connais.

La Marie demanda, soupçonneuse :

— Dans ton idée, quel serait mon rôle ?

Dès ce moment, Sylvie sut que la partie était gagnée. Elle ne s'était pas trompée. Marie n'avait pas dit non. D'ici à ce qu'elle dise oui, ce n'était qu'une question de temps.

— Ne crains rien. Je ne serais pas venue s'il s'agissait de quelque chose de mal. Quand tu connaîtras l'histoire, dès ce soir ou demain, tu me donneras raison. Ils emploieront tous les moyens, les grands et les petits, pour obtenir un mot de lui en présence du notaire et des deux témoins, peut-être même lui guideront-ils la main pour une signature ? Ils sont capables de tout. Or, afin de me défendre, j'ai absolument besoin de savoir. C'est tout. Seulement savoir ce qu'ils font, où ils en sont. Je m'occupe tout de suite d'appeler une infirmière pour prendre ta place ici.

— Non.

Sylvie se méprit.

— Tu refuses de m'aider ?

— Je n'ai pas besoin d'infirmière. Il y a une vieille fille, à notre étage, deux portes plus loin, qui vient lui tenir compagnie quand je fais mon marché et à qui il est habitué. Si tu es sûre que ce n'est pas pour longtemps…

— Le docteur Descout en a la conviction. Vois-tu, Marie, je savais que je pouvais compter sur toi. Je n'ai pas toujours été chic à ton égard. J'ai dû parfois passer pour un monstre à tes yeux.

— Tu crois ?

— Je te raconterai. Tu verras ! Je te raconterai tout. Il y a si longtemps que j'en ai envie !

Marie ne lui demanda pas pourquoi elle n'était pas venue plus tôt.

— Je descends téléphoner et je reviens.

— Prends ton temps. De toute façon, il est nécessaire que je me change.

— Il vaut peut-être mieux que tu emportes une valise. Quand on est employée par un bureau de placement, c'est plus naturel.

Se souvenait-elle de leurs valises à toutes deux quand elles avaient quitté Fourras ? Et de la valise que Marie portait toute seule et qui lui heurtait les jambes quand elle descendait pour la dernière fois l'escalier de l'*Hôtel des Vosges* ?

— Merci, Marie.

Pas d'effusions.

— Il n'y a pas de quoi ! répliquait sèchement l'autre.

— Tu n'as pas changé.

— Toi non plus.

Les pas s'éloignèrent dans le corridor. La porte se referma. Le bureau de poste était trop loin, et il n'y avait pas de téléphone public ailleurs qu'au tabac du coin. Encore n'était-ce pas une cabine, mais un téléphone mural à côté des toilettes.

— Allô ! Madame Ruchon ?

Les hommes avaient cessé de boire et de parler quand Sylvie était entrée et avait demandé un jeton.

— Ici, Sylvie Danet. Oui. Ils vous ont appelée ? Il y a déjà une heure ? Vous leur avez dit que vous aviez quelqu'un sous la main ? C'est arrangé, oui. Je suis à côté de chez elle, car elle n'a pas le téléphone. Elle est occupée à préparer sa valise. Elle sera avenue Foch dans une heure au plus. Voulez-vous prendre note de son nom ? Marie Gladel... G comme Gustave... L comme Lambert... A comme... Vous dites ? Elle est honnête, oui, et je réponds que vous n'aurez pas d'ennuis. Pour ce que nous avons convenu, j'irai vous voir... Merci !

Elle s'épongea la lèvre supérieure. Dans le café, elle hésita, se faufila entre deux groupes qui s'écartaient pour la laisser approcher du comptoir.

— Servez-moi un verre d'alcool, n'importe quoi, de la fine si vous en avez.

Cela lui importait peu qu'ils la regardent en se poussant du coude. Elle alla ensuite au coin du Pas-de-la-Mule chercher sa voiture qu'elle rangea en face du 21 *bis*.

Quand, un peu plus tard, elle sortit avec Marie de l'appartement du vieux M. Laboine, elle eut un geste pour se saisir de la valise. Elle avait eu si peur que Marie refuse qu'elle était prête à tout.

— Non. Pas ça ! protesta l'autre.

Elle conduisait sans hésitation dans les rues encombrées.

— Tu sais où est mon appartement ?
— Rue Pichat, juste à côté de l'avenue Foch.
— Mais tu ne sais pas lequel c'est ?
— Celui du troisième. J'y suis passée !
— Et tu connais son hôtel ?
— Celui qui est drôlement construit, avec une sorte de tourelle et des vitraux de toutes les couleurs à une des fenêtres.

Sylvie préféra ne pas marquer le coup.

— Puisque tu as vu les deux maisons, tu dois comprendre que, par-derrière, elles donnent sur le même jardin, celui d'Omer. Tu occuperas sans doute une des chambres mansardées du troisième étage, je sais d'avance laquelle, car je vois, par les lumières, où couchent les domestiques. La chambre du coin est la seule libre. Arrange-toi pour monter, ne fût-ce qu'un instant, vers dix heures du soir. Si tout va bien, allume naturellement la lampe. Si quelque chose cloche, allume et éteins deux ou trois fois coup sur coup.

— J'ai compris.

— J'ignore si tu pourras facilement sortir, mais je m'arrangerai pour quitter le moins possible mon appartement. Monte sans t'adresser au concierge.

— C'est un homme ?

— Un ancien agent de police. Il est inutile qu'il te remarque. À présent, je vais te déposer place des Ternes, près d'une station de taxis. Tu en prendras un et tu te feras conduire. Retiens le nom de Mme Ruchon. C'est elle qui t'envoie.

Elle n'éprouva plus le besoin de remercier. Elle savait qu'il ne s'agissait ni de bonté, ni de reconnaissance entre elles.

— Donne-moi le temps de m'arrêter au bord du trottoir. Et méfie-toi de Philippe. C'est le plus dangereux de tous, et sa femme ne vaut guère mieux que lui.

— Charmante famille ! lança Marie en saisissant sa valise.

Sylvie grogna entre ses dents :

— Charmante famille, oui !

Seule à nouveau, elle tourna deux fois autour de la place des Ternes pour laisser au taxi le temps de s'éloigner, puis elle se dirigea sans se presser vers l'avenue Foch. Il y avait encore dans l'allée quelques cavaliers qui revenaient du Bois. Des jets d'eau arrosaient les pelouses, et un vieux monsieur, assis sur un banc, émiettait du pain pour les moineaux qui venaient picorer à ses pieds, puis s'éloignaient en sautillant.

Elle vit le taxi s'arrêter, Marie se pencher pour payer, traverser le trottoir avec sa valise, sonner enfin à la porte monumentale.

Le père Besson, l'ancien, celui qui avait fondé les chaussures Omer, avait fait construire, dans ce qu'on appelait alors l'avenue du Bois, un hôtel particulier qui ressemblait à la fois à un château italien et à une forteresse, avec une tour, des pilastres, des fenêtres aux formes inattendues et trois statues immenses qui représentaient les Trois Grâces et dont le stuc s'écaillait.

La porte aux gros clous et aux charnières de fer forgé s'entrouvrit, Sylvie aperçut de loin le gilet rayé d'Arsène, le valet de chambre, s'inquiéta en voyant Marie rester debout sur le trottoir, toute petite, avec l'air de parlementer.

Cela dura au moins une minute avant que Marie fit quelques pas en avant et que la porte se refermât sur elle.

Sylvie contourna alors le pâté de maisons. Les rues étaient larges, provinciales, sans rien ni personne pour faire de l'ombre sur les trottoirs, pas même un chien errant, et il régnait une pénombre fraîche au-delà de toutes les portes cochères où des concierges en uniforme bleu ou noir, dans des loges qui ressemblaient à des salons, veillaient à la paix des locataires.

La voiture s'arrêta devant chez elle. Elle en ferma les portières à clef, franchit le seuil, se dirigea vers l'ascenseur en chêne sombre.

La maison était calme, un peu solennelle. On n'entendait aucun bruit au-delà des portes épaisses sur lesquelles brillaient des boutons de cuivre, et elle n'eut même pas besoin de sonner, de prendre sa clef dans son sac ; Lolita, sa femme de chambre, lui ouvrit et l'accueillit du sourire de ses dents merveilleuses.

— Il n'est venu personne ?
— Non, madame.
— Pas de coups de téléphone ?
— Un monsieur a téléphoné vers onze heures et demie.
— Tu ne lui as pas demandé son nom ?
— Il avait une voix enrouée, et j'ai d'abord pensé qu'il était en colère.

Sylvie fronçait les sourcils avec impatience.

— Qu'est-ce qu'il a dit ?
— Il voulait savoir quand vous rentreriez, et je lui ai répondu que je l'ignorais, que vous déjeuneriez probablement en ville.

Sans passer par le salon, Sylvie était entrée directement dans sa chambre, où il y avait des tulipes jaunes sur un guéridon.

— Tu ne sais pas qui il est ?

— Quand j'ai insisté, il m'a dit comme ça de vous dire que c'était M. Robert et qu'il vous rappellerait dans le courant de la journée.

La chambre, spacieuse, donnait sur la rue Pichat, mais la salle de bains et le cabinet de toilette ouvraient leurs fenêtres sur le jardin des Besson. Au centre de celui-ci s'élevait un grand tilleul toujours plein d'oiseaux et, alentour, il y avait de la pelouse et des ifs taillés. Épars, quelques fauteuils de jardin, qu'on n'avait pas rentrés pour le dernier hiver et qu'on n'avait pas encore repeints pour l'été, marquaient la place où des gens s'étaient assis pour la dernière fois l'automne précédent.

— Madame n'a pas mangé ?

— Non. Je n'ai pas faim. Prépare-moi seulement un cocktail.

Deux des fenêtres de l'hôtel étaient ouvertes, qui donnaient sur le grand escalier, à des étages différents, laissant voir le lustre monumental. Les fenêtres des chambres de domestiques étaient ouvertes aussi, et, après une quinzaine de minutes, Sylvie aperçut, à celle de droite, la silhouette de la Marie qui vint se pencher pour jeter un coup d'œil au jardin. Elle avait revêtu une robe noire que rehaussait un col blanc et posé un bonnet de dentelle sur ses cheveux sombres toujours tressés comme autrefois.

— J'ai servi le cocktail de Madame dans la chambre de Madame.

— Merci, Lolita.

— Si Madame a besoin de moi, Madame n'aura qu'à sonner. Je suis dans la cuisine avec Jeanne.

Marie avait maintenant disparu dans les profondeurs de la forteresse où on essayait d'empêcher Omer de mourir trop vite. Sylvie alla boire son cocktail, alluma une cigarette, se dévêtit seule et, en combinaison, se jeta sur son lit où, comme avant, étendue de tout son long, elle fit tomber ses souliers sur le plancher l'un après l'autre.

Sur la table de nuit, il y avait un téléphone en laque blanche qu'elle regardait avec inquiétude. Quand, après environ une demi-heure, il se mit à sonner, elle hésita si longtemps à décrocher qu'elle entendit les pas de Lolita qui se précipitait de la cuisine.

— Laisse. Je vais répondre. Allô !...

Cela l'impatientait de voir la femme de chambre rester dans l'encadrement de la porte et elle la chassa du geste.

— Allô ! Ici, Carnot 22.45, oui. Comment ?

Elle raccrocha, furieuse et dépitée tout ensemble. C'était un faux numéro. Couchée sur le dos, le regard au plafond, elle tâtonna de la main pour sonner Lolita afin de lui commander un nouveau cocktail. L'alcool la rendait plus pâle, lui faisait la bouche dure, changeait sa voix.

À quatre heures, le téléphone n'avait pas encore sonné, Sylvie n'avait rien mangé, mais avait bu cinq ou six verres, elle ne les avait pas comptés, et les bouts de cigarette marqués de rouge s'entassaient dans le cendrier.

Elle avait tant fixé les tulipes jaunes qu'elle en eut la nausée et sonna Lolita.
— Enlève-les.
— Bien, madame.
— Et apporte-moi la bouteille de gin.
— Oui, madame.
Elle aurait bien pleuré d'impatience.

2

Les figurants de Joinville

Les restes d'un dîner froid auquel on n'avait guère touché traînaient encore sur un plateau. Sylvie avait si chaud sur son lit que Lolita avait insisté pour lui retirer sa combinaison qui collait à la peau, puis, parce que ça l'amusait, elle avait frictionné son corps nu à l'eau de Cologne. Toutes les deux avaient entendu le timbre de l'entrée. Lolita était allée ouvrir, car la cuisinière qui, d'ailleurs, ne se dérangeait jamais, à cette heure était déjà montée.

— C'est une personne qui insiste pour parler à Madame personnellement.
— Un homme ?
— Une femme.
— Qui louche ?
— Oui, madame.
— Fais-la entrer.
— Ici ?

Avant de sortir, Lolita avait quand même posé un peignoir sur le lit, et, au moment où Marie entrait,

Sylvie était en train d'en passer maladroitement les manches.

— Ne prends pas la peine de t'habiller pour moi.

Elle avait tout vu du premier coup d'œil, le plateau du dîner, le creux du corps dans le lit, la bouteille de gin et l'air à la fois vague et dur de Sylvie. Elle avait vu son corps aussi, toujours aussi rose, aussi ferme, les seins plus lourds qu'autrefois, qui cédaient un peu, à peine, mais n'en devaient être que plus tentants, tout juste soulignés par une ombre moite.

— Tu bois, à présent ?

Elle n'avait ni manteau ni chapeau, seulement un petit sac noir à la main.

— Tu es venue pour me faire la morale ?

Sylvie se reprit.

— Je te demande pardon. Je suis nerveuse. Ne t'occupe pas de ce que je dis. Que se passe-t-il là-bas ?

Avant de se recoucher, elle se servit à boire, désigna la bergère à Marie, qui y disparut presque tout entière.

— Il n'est pas mort. Il ne se passe rien de particulier. Il y a quelques minutes, Mme Besson…

— La vieille ou la jeune ?

— La plus âgée des deux, une grande brune qui a un long nez et l'air souffrant.

— Ne gaspille pas ta pitié. C'est son vieux truc. Elle n'est pas plus malade que moi. Continue.

— Elle est entrée dans la chambre et m'a conseillé d'aller prendre l'air, car j'aurai probablement à veiller une partie de la nuit.

— Les deux autres sont avec elle ?

— Seulement M. Philippe. Il l'a rejointe au moment où je sortais.

— Tu t'es assurée qu'on ne te suivait pas ?

— Ils ont pleine confiance en moi. Vers la fin de l'après-midi, le docteur est arrivé au moment où je faisais la toilette du malade. Mme Besson l'accompagnait. J'ai compris qu'il m'observait et que de son côté elle attendait son opinion sur moi. Heureusement que j'ai l'habitude avec M. Laboine !

— Tu as entendu ce que le docteur Fauchon a dit ?

— J'ignorais qu'il s'appelle Fauchon. Il n'a pas parlé devant le malade, bien entendu, car celui-ci écoute tout ce qui se dit et a sa tête à lui. C'est encore plus impressionnant qu'avec mon vieux à moi, parce qu'il se rend compte de tout et ne peut pas parler. Il n'y a que sa main gauche qui bouge sur le drap et parfois je n'arrive pas à détacher les yeux de cette main-là. Le docteur et Mme Besson, après la consultation, sont restés assez longtemps dans le petit salon jaune, celui qui est à gauche de l'escalier.

— Omer est dans sa chambre ?

— Je suppose que c'est sa chambre, une pièce aussi grande qu'un restaurant, avec des moulures jusqu'au milieu du plafond et un lit à colonnes tout sculpté, surmonté d'un dais qui me fait penser à un catafalque.

— Tu ignores ce qu'ils se sont raconté ?

— Tout ce que je sais, c'est que, quand je suis descendue pour le dîner, le valet de chambre qui m'a fait entrer annonçait aux autres :

» — Il en a pour trois jours au grand maximum.

— Je suppose qu'il a entendu ça quelque part.

Sylvie marqua quelque soulagement.

— Tu ne veux rien boire ?

— Merci, non.

— Pas même une tasse de café ?

— Ce n'est pas pour te refuser, mais je viens d'en prendre.

— Quel air ont-ils ?

— Je n'ai fait qu'apercevoir la plus jeune des deux femmes, qui est sortie et n'est rentrée qu'assez tard. C'est possible que tu aies raison et qu'elle soit une chipie, mais elle est bien jolie. Elle me fait un peu penser à la femme de chambre, en moins gai.

— Elle a du sang espagnol aussi. Mais les autres ?

— On ne sait jamais ce qu'ils font. Ils vont et viennent, ensemble ou séparément. Je ne connais pas encore toute la maison et je m'y perds dans ces couloirs et dans ces escaliers. Me diras-tu bien pourquoi on a bâti trois escaliers ?

— Ils sont nerveux ?

— Ils chuchotent, se séparent, donnent des coups de téléphone et se retrouvent au chevet de M. Omer, qu'ils se mettent à regarder d'un air accablé et affectueux.

— Tu parles !

— Les domestiques font ce qu'ils veulent. Il y a une sorte de maître d'hôtel qui insistait pour m'offrir un verre de liqueur et qui m'a rappelé M. Clément, en un peu plus grand.

Elle avait parlé de celui-ci sans intention. Sans doute, maintenant, cela n'avait-il plus d'importance. Sylvie montrait un visage plus fané que le matin, malgré la lumière tamisée, et, quand elle parlait, sa lèvre inférieure paraissait molle, il y avait certaines syllabes qu'elle pouvait à peine articuler.

— Maintenant, il est préférable que je parte, sans compter que je vais réellement prendre l'air, car on ne sait pas ce qui arrivera cette nuit. S'il vient à mourir, je laisserai ma lumière allumée tout le temps, mais je n'ai pas dans l'idée que c'est pour tout de suite.

Elle se leva.

— Tu as tort de boire. Moi, cela m'est égal. Fais comme tu voudras. À mon avis, tu as tort.

Il devait être huit heures et demie. Il n'y avait pas d'horloge dans la chambre. Sylvie tendit la main vers le bouton pour appeler Lolita.

— Ne la dérange pas. Je trouverai mon chemin toute seule. Ce n'est pas pour t'adresser un compliment, mais j'aime mieux ici que là-bas.

Marie s'était-elle attendue à trouver un appartement de poule ? Le tailleur que Sylvie portait le matin aurait dû lui indiquer que ce n'était pas son genre. L'appartement était presque austère, au contraire, avec des meubles de style, confortables et sans fantaisie. Marie, sans avoir vu le salon, était maintenant persuadée qu'il ressemblait davantage à celui d'une famille de grands bourgeois qu'au salon d'une femme entretenue.

Sylvie dormit-elle après le départ de son ancienne amie ? Elle fut toute surprise, presque effrayée, en voyant Lolita penchée sur elle. Elle n'avait pas entendu le timbre de la porte d'entrée.

— Le monsieur qui a téléphoné ce matin est dans l'antichambre.

— Quelle heure est-il ?

La pièce, comme quand Marie était sortie, était éclairée par deux lampes de chevet.

— Neuf heures et demie, madame.

— Comment est-il ?

— Si je peux me permettre de parler ainsi à Madame, il a l'air un peu...

— Il est ivre ?

— Il n'est certainement pas dans son assiette. Il a failli...

Lolita n'eut pas le temps de terminer sa phrase qu'elle chuchotait penchée sur le lit, Robert Besson se tenait debout dans l'encadrement de la porte.

— Te dérange pas, dit-il.

Et, à la femme de chambre :

— Ça va. Nous n'avons pas besoin de vous.

Lui aussi avait repéré la bouteille de gin.

— Ou, plutôt, apportez-moi un verre.

Il se tourna vers Sylvie qui s'était assise au bord du lit et croisait son peignoir sur sa poitrine.

— Tu n'as pas de whisky, par hasard ?

— Un verre et la bouteille de scotch, Lolita. Apporte aussi de l'eau de Seltz.

Comme il restait debout, le visage de Robert et le haut de son corps étaient en dehors de la nappe de lumière, et Sylvie faisait un effort pour distinguer ses traits.

— C'est toi qui as choisi tout ça ? dit-il, regardant autour de lui. Ce n'est en tout cas pas mon frère, qui n'a rien trouvé à changer dans la maison du vieux.

— Nous allons…

Elle avait l'intention de l'emmener au salon, mais il ne lui en donna pas le temps, se laissa tomber dans une bergère dont les ressorts craquèrent, car il était grand et lourd.

— Nous sommes fort bien ici. Couche-toi comme tu l'étais quand je suis arrivé. Je suppose que cela ne te gêne pas ? Remarque que je suis en mission officielle et que la famille serait choquée si elle savait…

Ce n'était que dans ses gestes maladroits, dans sa façon d'embrouiller les syllabes qu'on pouvait discerner qu'il avait bu. Elle le connaissait bien. Il commençait dès le matin à son réveil, mais il savait quand il avait son compte, et alors, le corps mou, il se dirigeait vers le premier taxi venu en s'efforçant de garder jusqu'à la dernière seconde sa dignité.

— Au *Claridge.* Ils feront le nécessaire.

Car il lui arrivait de s'endormir dans la voiture, et les chasseurs de l'hôtel, qui avaient l'habitude, le transportaient dans sa chambre et le dévêtaient.

— En mission officielle, tu comprends ? Chut !…

Lolita entrait, et il attendit qu'elle eût quitté la chambre, se servit un grand verre de whisky.

— Je ne devrais pas avant d'aller les voir. Qui sait si je ne le fais pas exprès ? Qu'est-ce que tu en penses, toi qui me connais ? Ils me dégoûtent, ma pauvre Sylvie !

— Ton fils aussi ?

— Philippe encore plus que Renée. À ta santé ! À nos vieilles amours. Cela te choque que je dise ça ?

— Non.

— Tu as peur de te coucher devant moi ?

— Je suis restée au lit presque toute la journée.

— Nerveuse ?

Avant de s'asseoir en face de lui, elle avait allumé le plafonnier.

— Je ne devrais pas te poser cette question, car, figure-toi que, ce soir, ici, dans ta chambre, je représente la famille ! On aura tout vu, dis ! Robert qui représente la famille ! Et sais-tu qui a trouvé ce truc-là ? C'est Philippe. À onze heures et demie, ce matin, il a surgi dans ma chambre avec l'air dégoûté d'un marguillier qui entre dans un claque, a paru tout surpris de ne pas trouver de femme dans mon lit ni de bouteilles traînant par terre et la première chose qu'il m'a dite c'est :

» — Remets ton dentier. Tu es répugnant comme ça.

» Voilà les enfants ! Il m'a demandé ensuite si j'étais sobre et, pour mettre toutes les chances de son côté, a fait monter du café noir.

» — Maintenant, écoute-moi bien, a-t-il commencé en croisant les jambes et en relevant son pantalon. C'est la dernière chance de finir à peu près proprement et de payer tes dettes.

» Rien que ce mot-là !...

» Bref, il m'a raconté ce qui est arrivé à Omer.

Il désigna le lit :

— C'est ici ?

— Dans le salon. Nous allions sortir.

— Ce matin, Philippe ne l'en a pas moins trouvé dans le lit, dans *ton* lit, et il fallait entendre de quel ton il prononçait ces mots-là. Sais-tu que tu n'as pas changé ?

— Tu oublies que tu es en mission.

— C'est exact. Le plus extraordinaire, c'est que j'ai vraiment envie qu'elle réussisse. Pas parce que j'appartiens au clan, j'espère que tu me fais l'honneur de me croire, mais parce que je pense que c'est la meilleure solution pour tout le monde. Tu te souviens de ce que je t'ai dit un jour, alors que je te connaissais à peine ?

— Tu m'as dit tant de choses !

— Celle-là était importante. Nous venions de coucher ensemble et, comme d'habitude, je ne devais pas avoir été brillant. Les hommes ont toujours tort de boire avant. À cette époque-là, c'était du champagne, jamais rien d'autre, tu te rappelles ? Maintenant, c'est n'importe quoi. Sais-tu que le matin il m'arrive de commencer avec de la bière ?

— Tu parlais de ta mission.

— Tu triches. Je parlais de la fois où je t'ai dit en te tapotant les fesses :

» — Les autres se font payer un colifichet, une robe, une bague ou un appartement. Toi, tu es plus fortiche. Le petit jeu ne t'intéresse pas et tu mets tout ce que tu as sur une seule carte.

» Tu ne t'en souviens vraiment pas ? Je crois même que c'est de ce jour-là que nous sommes devenus amis. Tu m'as regardé avec un drôle de sourire et tu as murmuré :

» — J'ai tort ?

» Je t'ai répondu que je trouvais ça très bien, que c'était même ce qui te rendait sympathique. J'ai ajouté sincèrement :

» — Dommage que tu sois tombée sur moi plutôt que sur mon frère, Omer le Riche, car, avec moi, le jeu n'en vaut pas la chandelle.

» Au fond, tu peux me l'avouer maintenant, n'est-ce pas ce qui t'a donné l'idée ?

— Peut-être.

— Tu espérais qu'il divorcerait ?

— Je ne sais pas. Il me semble que tu étais en mission ?

— Bon ! Je suppose que je n'ai pas besoin de te demander si le testament existe réellement. Si Renée et Philippe y croient, c'est que c'est du solide.

— Il existe.

— Omer te laisse tout ?

— Presque tout.

— Y compris l'avenue Foch ?

— Y compris l'hôtel.

— Tu permets ?

Il se versa à nouveau à boire, se gratta la tête. Il n'était que de quatre ans plus jeune qu'Omer, mais il avait une façon à lui de porter ses soixante-dix ans.

Du *Fouquet's* au *Maxim's*, en passant par tous les bars des Champs-Élysées et de la Madeleine, on connaissait sa silhouette restée droite, son visage sanguin et ses cheveux immaculés. On connaissait aussi sa voix à laquelle l'alcool donnait un timbre particulier, ses complets croisés, invariablement bleu marine, qui, même fripés ou élimés, ne perdaient jamais leur allure.

Trente ans plus tôt, il hantait déjà les mêmes bars, mais, à cette époque, toute une petite cour le suivait, des grappes de jolies filles, des cinéastes, des auteurs, des acteurs. Il habitait le même hôtel *Claridge*, où il occupait alors un appartement du cinquième et où il y avait toujours trois chambres retenues pour ses amis et ses amies éventuels.

Sa part, dans les chaussures Omer, dont on voyait les succursales dans tous les quartiers de Paris et dans les villes de province, était déjà sévèrement écornée, mais il trouvait invariablement, à la dernière minute, une centaine de milliers de francs à investir dans un film.

Peut-être, si Marie avait été rue Pichat en ce moment, aurait-elle compris bien des choses ? Mais Marie, qui avait vécu à côté de Sylvie l'époque la plus noire, comprendrait-elle jamais ?

Elles vivaient encore ensemble rue Béranger. Tout avait découlé de la démarche que Sylvie avait faite un après-midi dans un bureau de l'avenue de l'Opéra et de l'apéritif qu'on lui avait offert.

Cinq jours durant, elle était allée en vain à la poste restante et elle ne savait même pas le nom de l'homme qui l'avait conduite en voiture aux Champs-Élysées et qui avait promis de lui faire signe.

Si cela vous amuse, et je suis sûr que cela vous amusera, venez donc vendredi prochain à Joinville où tous les amis figureront dans une reconstitution du Maxim's. *Emportez une robe du soir.*

Votre Lionel.

Un post-scriptum disait :

Ci-joint un carton que vous n'aurez qu'à montrer à la grille. On vous conduira au studio.

Sylvie avait repéré, boulevard Saint-Denis, une étrange boutique où on louait des perruques, des accessoires de théâtre, de prestidigitation et aussi des robes du soir et des manteaux de fourrure.

Quand elle y était entrée avec, en poche, l'argent nécessaire, elle sortait d'un vilain petit hôtel de la rue de la Lune dont l'odeur lui collait encore à la peau. Marie avait-elle soupçonné ça ? C'était la seule fois. Cela avait duré moins de dix minutes. L'homme, qui paraissait encore plus pressé qu'elle, ne lui avait même pas demandé de retirer sa robe et l'avait ensuite laissée seule dans la chambre, comme s'il avait honte de sortir avec elle.

N'avait-elle pas raison quand, toute jeune, elle répétait à Marie, en durcissant exprès son regard :

— Je sais où je vais. Je sais ce que je fais. Un jour, tu verras !

Comme si elle avait conclu un pacte avec le sort. Elle avait payé sa part. Le sort payait à son tour.

Il y avait deux cents personnes au moins dans un décor qui représentait le cabaret de la rue Royale que Sylvie n'avait jamais vu, et les hommes étaient en habit, les femmes en robe du soir, la plupart couvertes de bijoux qui ne venaient pas du boulevard Saint-Denis.

Presque tous étaient des clients véritables, qui trouvaient drôle de figurer dans un film et de passer tour à tour entre les mains des maquilleurs.

Robert Besson était le grand homme, celui qui recevait, offrait le champagne par caisses entières, car il commanditait le film, et Lionel le suivait comme son servant.

— Je vous présente Mlle Danet, que vous ne devez pas avoir rencontrée.

— Enchanté, mon petit.

Robert avait alors quarante-deux ans. On entendait sa voix, son rire sonore dans tous les coins, et la plupart des femmes allaient l'embrasser en l'appelant par son prénom. Il en tutoyait une bonne moitié, l'œil à la fois égrillard et paternel, buvait à toutes les coupes.

— Vous verrez que mon frère en fera une maladie. L'argent des chaussures Omer, le sain argent des pieds plats et des pieds sensibles servant à perpétrer les fastes d'un lieu de perdition !

La fin de la journée avait été moins brillante. La chaleur, sous les projecteurs, était étouffante, et il fallait recommencer plusieurs fois chaque scène. On avait servi à boire trop tôt, pensant obtenir la couleur locale, et un tel désordre finit par régner que personne ne s'y retrouvait.

Sylvie avait bu comme les autres chaque fois qu'on lui mettait une coupe dans la main ; c'était la première fois qu'elle buvait vraiment et elle avait été surprise de conserver son sang-froid et sa lucidité. Parfois Lionel venait lui souffler à l'oreille :

— Vous avez remarqué le petit gros qui danse le charleston ?

Et il lui citait un nom de banquier ou d'industriel célèbre, le faisait suivre d'un nombre de millions.

— Cela vous amuse ?
— Cela m'intéresse.
— Qu'est-ce que vous pensez de Robert ?
— Il me paraît sympathique.
— Il trouve que, de toutes, ici, vous avez la plus belle poitrine.

Elle n'avait même pas remarqué que Robert Besson la regardait. C'est beaucoup plus tard, alors que les gens étaient déjà partis, que des femmes étaient malades et que les hommes s'étaient mis à parler de leurs affaires dans les coins qu'elle s'était trouvée entre deux décors avec lui.

Simplement, sans aucune gêne, il avait demandé en tendant la main vers son corsage :

— On peut toucher ?
— Si vous y tenez.
— Libre ce soir ?
— Non.
— Dommage.
— Pourquoi ?
— Parce que vous auriez fait partie du dernier carré et que c'est le plus amusant. Ceci, c'est pour les enfants. Combien avez-vous vidé de coupes ?
— Vingt et une. Je les ai comptées.
— Dans ce cas, c'est encore plus dommage, parce que vous tenez le coup et que les femmes qui tiennent le coup sont rares. Vendeuse ? Dactylo ? Mannequin ?
— Dactylo.
— C'est Lionel qui vous a dénichée ? Envie de faire du cinéma ?
— Non.
— La noce ?
— Non plus.
— J'ai moins de regret, car vous seriez malheureuse ce soir au *Claridge*. Il est probable que cela bardera dur. Dommage quand même.

Il la regardait avec regret, tenté de toucher encore une fois sa poitrine comme une chose à laquelle on doit renoncer.

— Rien que je puisse faire pour vous ?
— Si.
— Quoi ?

— Me procurer une place.
— De dactylo ?
— De dactylo ou de secrétaire.
— Ce n'est pas une blague ? Vous tapez vraiment à la machine ? Vous aimez ça ?
— Oui.

Il s'était gratté la tête du geste qu'elle venait de lui revoir après vingt-huit ans, puis il avait appelé Lionel qui n'était jamais loin.

— Viens ici. Demain, cette jeune fille se présentera au bureau de la M.V.A. Donne-lui l'adresse. Tu diras à Dumur que je désire qu'il lui trouve une place.

Elle était restée plus de trois semaines sans revoir Robert Besson, qui était parti le lendemain pour Cannes. En réalité, il n'y avait pas d'emploi pour elle. Il n'y avait que trop de belles filles, dans les bureaux, qui ne savaient à quoi tuer le temps. Lionel n'était pas le patron, seulement un commanditaire occasionnel.

— Nous arrangerons ça avec lui quand il reviendra le mois prochain.

— Je ne peux pas travailler en attendant ?

— Venez au bureau si vous y tenez, mais je ne promets pas qu'il y aura de l'argent à la caisse à la fin du mois. C'est toujours pareil. Il manque régulièrement les derniers cinquante mille francs pour finir le film, et les employées attendent leur argent.

Lionel avait essayé de coucher avec elle, s'était étonné de son refus, surtout qu'il continuait à lui offrir l'apéritif et parfois à dîner. Il n'avait pas de poste défini dans la maison, mais c'était lui qu'on voyait partout, qui téléphonait à Cannes quand une difficulté surgissait, courait à Joinville ou à la Préfecture de Police. Une fois, Sylvie lui avait emprunté de l'argent, d'un air calme, et, comme elle repoussait sa main entreprenante, il s'était écrié :

— Sacrée fille !

Il l'avait eue quand même plus tard, bien après le retour de Robert, et seulement après qu'elle eut passé plusieurs fois la nuit au *Claridge.*

— Et mon pourcentage ? lui avait demandé Lionel un soir qu'ils quittaient ensemble le bureau.

— Vous y tenez beaucoup ?

— Parbleu !

— Vous n'avez pas peur que Robert l'apprenne ?

— Ce serait plus désastreux pour vous que pour moi.

— Ni que je vous méprise ?

— Cela m'est égal.

— Vous voulez votre pourcentage tout de suite ?

— Ce soir.

— Je vous préviens qu'il est payable en une seule fois.

Elle avait tenu parole. En se rhabillant, elle avait articulé froidement :

— Nous sommes quittes !

Quant à Robert, s'il la comprenait mieux, il n'en était pas moins étonné.

— Cela vous paraît indispensable de travailler au bureau ?

— Indispensable.

— Cela ne vous fatigue pas de vous lever à huit heures du matin après une nuit comme celle d'hier ?

Il n'était déjà plus question de la Marie en ce temps-là. C'est plus tard encore, quand ils avaient été tout à fait habitués l'un à l'autre, que Robert lui avait dit les paroles auxquelles, rue Pichat, il venait de faire allusion, vingt-huit ans après, et qu'il lui avait parlé d'Omer.

Depuis combien d'années maintenant Sylvie et lui ne se voyaient-ils plus ? Quinze ans ? Ils ne s'étaient pas rencontrés trois fois pendant tout ce temps-là, ne s'étaient jamais trouvés en tête à tête. Le visage de Robert était devenu plus mou, ses yeux un peu larmoyants. Il avait perdu depuis longtemps le reste de sa fortune et vivait au jour le jour, avec des ardoises dans tous les bars qui, autrefois, commandaient pour lui un cru particulier de champagne.

Il habitait toujours le *Claridge*, où il occupait ce qu'on appelle pudiquement une chambre de courrier, c'est-à-dire une étroite chambre de domestique sous les toits, sans salle de bains.

Elle questionna, en allumant une cigarette :

— Ce matin, quand tu m'as téléphoné, Philippe était encore dans ta chambre ?

— C'est lui qui a demandé la communication et m'a passé l'appareil.

— Que voulait-il que tu me dises ?

— Que je te demande un rendez-vous immédiatement. Ta femme de chambre a répondu que tu ne rentrerais pas déjeuner. Il ne pouvait pas attendre. Il est parti en me faisant jurer que je téléphonerais toutes les heures.

— Tu ne l'as pas fait ?

— Je suis sorti, me suis d'abord arrêté au *Select* et...

— Je vois. Après ?

— J'ai passé mon temps à réfléchir.

— À quoi ?

— À la proposition de Philippe.

Il en parlait d'un ton léger, mais Sylvie avait toujours soupçonné que c'était par une sorte de pudeur ou de crânerie. Il n'avait qu'un enfant, Philippe, et sa femme était morte en couches. Il ne faisait jamais allusion à elle. Sylvie avait entendu dire qu'elle était très belle et que, de son temps, Robert était un homme différent.

Le gamin avait dix ans quand Sylvie avait connu son père, et on aurait presque pu dire qu'il n'avait pas changé, il était encore aussi long, aussi mince, aussi distant, avec toujours, vis-à-vis de qui que ce fût, une politesse dédaigneuse.

— Qu'est-ce que tu veux ? était-il arrivé à Robert de dire. Je suis le maudit, la honte de la famille, tandis qu'il est un vrai Besson, petit-fils du grand Omer qui a importé des États-Unis les premières machines à fabriquer des souliers et a ainsi révolutionné Limoges et Paris. Quand il est né, j'ignorais que mon frère n'aurait pas d'enfant, sinon j'aurais appelé le gamin Omer.

Il n'avait pas été invité au mariage de son fils, qui avait eu lieu en grande pompe avenue Foch.

— Tu me demandais ce que j'ai fait cet après-midi. J'ai réfléchi et j'ai bu, j'ai bu et j'ai réfléchi. Et j'étais en train de me promettre de venir te voir demain matin quand le chasseur m'a annoncé qu'on me demandait au téléphone. Je ne sais pas comment ils s'y sont pris pour me suivre à la piste. Ils ont dû téléphoner dans des douzaines de bars. On voulait savoir si j'étais enfin décidé à remplir ma mission et on m'a averti qu'on m'attendrait ce soir avenue Foch avec la réponse. Il paraît que ce n'est plus qu'une question d'heures. Je ne devrais pas te le dire, car c'est presque un secret d'État. Ils commencent à s'affoler. Tout ce qu'ils peuvent, c'est lui parler, sans que le pauvre vieux ait une chance de leur répondre. Ils pensent qu'une fois Omer parti leur position sera plus difficile.

— Pourquoi Philippe ne m'a-t-il pas parlé lui-même ? Il était ici ce matin.

— Je sais. Je sais aussi qu'il ne t'a pas adressé la parole. C'est le docteur Fauchon qui l'a fait pour lui.

— Il te l'a dit ?

— Oui. Et, soit dit en passant, ils me tiennent. Je ne voudrais pas que cela t'influence.

— Ils peuvent quelque chose contre toi ?

— Peut-être me faire fourrer en prison si cela va jusque-là. Je ne sais pas. Il m'est arrivé de signer des papiers que je n'aurais pas dû signer.

— De ton nom ?

— Ne parlons pas de ça. En tant qu'émissaire de la forteresse, je suis chargé de te dire ceci : jamais tu n'entreras en possession de ce qu'Omer pourrait te laisser par ce testament. Ils sont décidés à se battre à mort, à embaucher les meilleurs avocats, à faire jouer des influences et à intenter autant de procès qu'il en faudra, quitte à y laisser leur dernier centime. N'oublie pas que Renée a une fortune personnelle.

— Je sais. C'est bien pourquoi je me demande...

— Bon ! Maintenant, ce n'est plus un Besson qui parle. Tu ne comprends pas, non ? Pour elle, c'est une question de principe. Je crois qu'elle dirait volontiers que c'est son honneur et celui de la famille qui sont en jeu. Je ne sais pas si tu es déjà entrée dans la maison.

— Une fois, alors que tout le monde était à Évian, Omer m'a fait visiter.

— C'est affreux, mortel, accablant comme un cauchemar, c'est tout ce qu'on voudra, mais à leurs yeux, c'est la citadelle. Voilà l'explication. Pour cet imbécile de Philippe aussi. Dans leur esprit, les Besson ne seraient plus les Besson sans la relique de l'avenue Foch. D'ailleurs, Omer n'est pas loin de penser comme eux.

— Je sais.

— Tu vois ! Encore s'il s'agissait de vendre, de démolir, d'en faire don à une œuvre philanthropique ou de transformer ce tas de pierres en musée du mauvais goût des fabricants de chaussures ! Mais non ! Mets-toi dans la peau de Renée, qui a avalé toutes les couleuvres sans broncher. Ce serait toi, l'ennemie, l'intruse, la voleuse d'hommes, l'innommable, qui, du jour au lendemain, franchirais la porte à clous et les mettrais dehors. Pense à cela.

— J'y ai pensé.

— Tu la comprends ?

— Je la comprends.

— Et alors ? Attends ! Ne réponds pas tout de suite. Laisse-moi d'abord présenter ma proposition, je veux dire, bien entendu, la proposition Besson. Suppose que cette nuit ou demain – c'est peut-être déjà fait à l'heure qu'il est – Omer meure sans avoir pu rédiger de nouveau testament et supposons que le tien soit reconnu valide.

— Il l'est.

— Peut-être ? Il sera épluché, passé à la loupe, discuté dans ses moindres termes par des gens qui connaissent la valeur d'une virgule. Peu importe. Il y a un risque à courir. Ce que le clan propose, c'est de ne pas en tenir compte et de le détruire, moyennant quoi tu recevras, sans la moindre opposition, la moitié de la fortune.

— L'hôtel est compris dans cette moitié ?

— Non. Il t'intéresse ?

— Pourquoi pas !

— Toi aussi ?

Robert se gratta la tête, émit un sifflement et se pencha pour remplir son verre, qu'il but lentement en regardant Sylvie avec le même genre d'étonnement qu'à leur première rencontre.

— Je ne savais pas. Dans ce cas, je crains qu'il n'y ait rien à faire. Du moment que c'est une bataille entre vous deux...

Il faisait évidemment allusion à Renée.

— Pas seulement entre nous deux, articula-t-elle.

Alors on eût dit que l'alcool le rendait plus lucide, qu'il voyait au fond d'elle avec un effroi qui n'était pas exempt de regret ni de tristesse.

— Cela remonte à si loin que ça ?

Elle ne répondit pas, se versa à boire à son tour, sans prendre garde à son peignoir qui s'était ouvert. Ils n'en étaient plus là ni l'un ni l'autre. Il était bien question de seins et de cuisses entre eux ! Elle ne se rendait même pas compte qu'elle était à peu près nue.

— Cela change tout, murmura-t-il.

Elle se méprit.

— Tu avais espéré que j'accepterais ?

— Je ne parle pas de ça. Parfois, il m'est arrivé, en te regardant vivre, de me demander…

— De te demander quoi ?

— Rien. Cela n'a plus d'importance, à présent. Au fond, j'ai été un nigaud.

— Tu m'en veux ?

— D'être comme tu es et non comme je m'étais figuré…

Il eut un rire rauque, saisit son verre qu'il vida d'un trait. Il avait les yeux mouillés, mais cela lui arrivait souvent à cette heure-là.

— Sacrée Sylvie !

Puis, avec un effort pour en revenir à sa mission :

— Je suppose que je n'insiste pas ?

— Tu me connais vraiment si mal ?

— Non. Plus maintenant.

Il se dégagea péniblement de la bergère, faillit tomber sur un guéridon, eut un mot qu'il prononçait autrefois dans les mêmes occasions :

— Les jambes ! Ce ne sont que les jambes !

C'était vrai. Il venait de parler raisonnablement, mais, une fois debout, il vacillait, cherchait d'instinct l'appui du mur.

— Cela va être la bataille, ma fille.
— Même pas.
— Tu te figures que Renée ne se défendra pas ?
— J'en suis sûre.
— Et pourquoi, si j'ai le droit de le savoir ?
— Pour la même raison qu'Omer m'a installée ici.

Un instant, il s'arrêta de se balancer sur ses jambes, comme si cette phrase-là lui ouvrait des horizons encore plus vertigineux. Il voulut poser une dernière question, et Sylvie, qui la devinait, saisit vivement son verre pour cacher son trouble.

Fallait-il prendre ce geste pour une réponse ? Il préféra ne pas le savoir, ne pas savoir. Il détournait les yeux d'elle, le visage tout dégonflé, les joues flasques, des poches sous les yeux, comme un vieil ivrogne qui a de la peine.

Elle se leva pour le reconduire jusqu'à la porte.

— Fâché, mon vieux Robert ?

Il retrouva son petit rire, et elle le suivit dans le corridor, en ajustant son peignoir.

— Quant à ce que tu disais de la prison, n'aie pas peur. Je serai toujours là.

Elle l'entendit zigzaguer dans l'escalier, se retenir plusieurs fois à la rampe. Une fois seule, elle courut au cabinet de toilette, où elle écarta le rideau.

Il n'y avait pas encore de lumière dans la chambre de Marie. Quelques-unes seulement des bougies du grand lustre étaient allumées, donnant à la maison l'aspect d'une chapelle.

Robert devait être en train de sonner à ce qu'il appelait la porte à clous pour aller rendre la réponse de Sylvie au clan et, sans doute, cette nuit, guetterait-on plus férocement que jamais la moindre chance de retour à la vie d'Omer au chevet de qui Marie était assise.

3

Le matin des oiseaux

Elle était tout entourée de peurs en forme d'araignées qui la regardaient avec des yeux humains ressemblant aux yeux d'Omer, quand, d'un effort si violent qu'elle en eut des palpitations, elle parvint à échapper à son sommeil hanté, et alors elle fut un long moment à fixer l'obscurité de la chambre, une main sur le sein gauche, avant de tendre le bras pour allumer.

Quand elle se leva, elle était hagarde, la bouche amère : elle hésita, but avec dégoût au goulot de la bouteille et, pieds nus, pénétra dans son cabinet de toilette. Elle ne savait pas l'heure. Elle avait l'impression qu'on était au milieu de la nuit. Il y avait des étoiles au ciel, une brise juste assez forte pour faire bruisser le jeune feuillage du tilleul.

La porte de sa chambre refermée, elle se trouvait dans l'obscurité et pouvait écarter les battants de la fenêtre. Il n'y avait pas encore de lumière chez Marie. Le lustre éclairait toujours le hall et le grand escalier de sa lumière jaunâtre, tandis que le reste de la maison restait sombre, avec seulement une fente plus claire à la porte qui donnait sur le jardin.

Ses yeux s'habituaient, elle découvrait maintenant deux silhouettes qui arpentaient la terrasse à colonnes, elle percevait même un murmure de voix, trop léger, trop lointain pour lui permettre de distinguer les paroles. Deux personnages allaient et venaient à pas réguliers d'un bout de la terrasse à l'autre, et tous les deux fumaient des cigarettes dont elle suivait le bout rougeoyant.

Lorsqu'ils passèrent devant la porte entrouverte, elle reconnut Philippe, vêtu de sombre, nu-tête dans la nuit de mai, puis elle dut attendre le troisième passage des silhouettes dans la tranche de clarté pour être sûre que son compagnon était le notaire Dieulafoi, un petit homme sec et blanc qui soulignait ses phrases de gestes tranchants.

Alors, regardant à nouveau les fenêtres obscures, elle pensa que les pièces importantes donnaient sur l'avenue Foch et décida d'aller voir. Quand elle consulta la montre-bracelet qu'elle prit dans sa boîte à bijoux, il était trois heures dix. Lolita dormait au sixième étage, et la cuisinière rentrait coucher chez elle. Sylvie était seule dans l'appartement, où elle alluma les lampes un peu partout, sauf du côté du jardin, prit une robe au hasard, un manteau qui se trouva être son vison. Elle avait très mal à la tête. Elle faillit oublier son sac à main et elle aurait été forcée, à son retour, de demander le passe-partout du concierge.

Elle avait allumé une cigarette. La porte, en bas, s'ouvrit presque tout de suite. Jamais elle n'avait vu le quartier aussi tranquille, sans un bruit de pas, sans un être humain aussi loin qu'on pouvait voir, et ce monde de pierre, à la lumière des réverbères, avait un aspect si immuable, si éternel, qu'elle frissonna.

Deux autos stationnaient devant l'hôtel des Besson, dont celle du docteur Fauchon. La plupart des fenêtres, de ce côté de l'immeuble, étaient éclairées, y compris la fenêtre à vitraux de la bibliothèque.

Celles dont les rideaux étaient tirés, ne laissant qu'une fine ligne claire, étaient les fenêtres de la chambre d'Omer et, juste au-dessus, les lampes étaient allumées chez Renée. Personne ne semblait dormir dans la maison, et une ombre de femme passa plusieurs fois dans l'appartement de Philippe.

Elle regretta de n'avoir pas bu une autre gorgée d'alcool avant de sortir, car elle se sentait le corps vide. Elle n'avait pas le courage de rentrer chez elle et d'attendre. Elle marchait au milieu de l'avenue, au bord de la grande allée, et deux rangs d'arbres la séparaient des maisons.

L'air était doux, les étoiles scintillaient à peine, plus fixes, lui sembla-t-il, que d'habitude. Un cycliste, qui venait silencieusement du Bois et se dirigeait vers l'Étoile, distingua son visage clair dans l'obscurité et se retourna. Il était vêtu comme un ouvrier qui se rend à son travail.

Cinq ou six immeubles plus loin, une autre fenêtre était éclairée, il y avait peut-être un malade aussi, ou un couple qui était rentré tard. L'image du couple se déshabillant, se couchant, faisant l'amour, lui vint à l'esprit avec une netteté stéréoscopique, et elle se complut, comme pour donner le change à son impatience, à imaginer les détails les plus intimes et les plus crus sans que cela mît la moindre chaleur dans son sang.

Elle était froide comme un brochet, disait jadis sa mère, et Sylvie n'avait jamais compris pourquoi celle-ci parlait de brochet alors qu'elles avaient toujours vécu au bord de l'océan. Des autos stationnaient ici et là. L'avenue était un vaste jardin désert et figé, et Sylvie sursauta quand quelque chose bougea, un simple chat, qui traversa la pelouse pour venir la contempler de ses yeux luisants, fit le gros dos, eut l'air d'hésiter à se frotter à ses jambes et s'éloigna enfin avec dignité.

Une nouvelle lumière avait paru et disparu en face. La porte de l'hôtel s'était ouverte et refermée ; on entendait des pas sur le trottoir, puis dans le milieu de la rue. Quelqu'un venait droit vers elle, mais sa frayeur ne dura pas, car, sous un bec de gaz, elle reconnut la Marie qui avait jeté un manteau sur ses épaules sans en passer les manches.

Sylvie ne bougea pas. Marie, qui s'en allait vers l'avenue Malakoff, en direction de la place Victor-Hugo, devait passer près de son banc, et alors seulement Sylvie, qui n'avait pas bougé, dit à mi-voix :

— Où vas-tu ?
— C'est toi ! Qu'est-ce que tu fais ici ?
— Ils ne t'ont pas mise à la porte, j'espère ?

— Non. Viens avec moi. Il vaut mieux que je ne traîne pas trop, bien que je me demande si ce n'est pas avec intention qu'ils m'ont envoyée dehors.

— Que font-ils ?

— Ils s'agitent. Il y a des quantités d'allées et venues. Tu connais une pharmacie place Victor-Hugo ?

— Au coin de l'avenue Bugeaud, oui.

— C'est là que je dois aller faire faire une ordonnance. Il paraît qu'il existe une sonnette de nuit et qu'on m'ouvrira. Selon eux, cela aurait pris plus de temps d'éveiller le chauffeur. À propos, le frère est venu.

— Je sais. Il est passé chez moi.

Malgré ses petites jambes, Marie marchait vite, et Sylvie commençait à avoir chaud sous sa fourrure.

— Ils ont eu un long entretien, Philippe et lui.

— En ta présence ?

— Bien sûr que non. Dans la bibliothèque. Mais, attends. Il y a autre chose que je dois te dire. Avant son arrivée, ils ont appelé le prêtre pour les derniers sacrements.

— Ils l'ont fait exprès.

— Je l'ai pensé aussi. Ils avaient l'air de s'arranger pour que ce fût le plus impressionnant possible. On avait allumé des bougies dans la chambre, installé une sorte d'autel. Les domestiques sont montés pour assister à la cérémonie. Mme Besson tenait un mouchoir devant son visage, tandis que les deux jeunes pleuraient à gros sanglots.

— Qu'est-il arrivé ensuite ?

— Le frère est venu, je te l'ai déjà dit. J'ai entendu des éclats de voix. Mme Besson n'est restée qu'un quart d'heure avec eux et, quand elle les a quittés, elle s'est enfermée dans sa chambre pour téléphoner. La jeune était tout le temps dans la chambre avec moi, à tenir la main de son oncle et à lui parler à mi-voix.

— Tu as entendu ce qu'elle racontait ?

— Pas tout. Seulement des bêtises : qu'on l'aimait bien, qu'on allait le soigner et qu'il guérirait, puis que tout le monde irait en Italie pour sa convalescence. Les domestiques n'étaient pas encore couchés. Le valet de chambre s'est fait engueuler parce qu'il a donné à boire au frère, qu'on a retrouvé, une bouteille près de lui, endormi sur un des canapés du hall. Il y était toujours quand je suis partie. Il ronfle, une main pendant sur le tapis.

— Ne marche pas si vite.

— Je ne me rendais pas compte que je marchais vite. À présent, cela paraît devenir plus sérieux. J'ignore si Mme Besson est malade ou non, mais je l'ai vue prendre trois ou quatre cachets de je ne sais quoi. Philippe est venu relayer sa femme dans la chambre et m'a fait sortir.

» — Vous paraissez épuisée, m'a dit Mme Besson dans le couloir. Vous devriez aller prendre un peu de repos.

» — Non, madame. Je ne suis pas fatiguée. Je peux passer quarante-huit heures sans dormir. J'ai l'habitude.

» Elle n'a pas insisté, car le docteur montait. Il n'est resté que quelques instants dans la chambre du malade, a rejoint Mme Besson dans le salon jaune, dont ils ont fermé la porte.

» Je ne te raconte que les principales allées et venues. Il y en a eu trop, et je suppose que cela continue.

Deux agents cyclistes qui passaient au ralenti, la cape sur les épaules, avec le même air important que les gendarmes de Fourras, les regardèrent attentivement. Ils furent sans doute rassurés par le vison de Sylvie et s'éloignèrent. Plus loin, un taxi en maraude leur offrit en vain ses services.

— Pour te faire une idée, pense qu'il y a des conciliabules à deux endroits à la fois, dans le salon jaune et dans la bibliothèque, sans compter ce qui se passe dans la chambre et ce que je ne vois pas. Dans la bibliothèque, c'est Philippe et le notaire. Dans le petit salon, Mme Besson et le docteur. De temps en temps, quelqu'un se rend comme en mission dans l'autre camp, Philippe ou sa tante. Parfois aussi ces deux-là se rejoignent dans un coin du hall pour chuchoter.

» Ils ont la mine de gens qui ont à prendre une décision grave et qui n'osent pas. Ou, plutôt, j'ai l'impression que quelqu'un hésite, présente des objections, et que les autres travaillent à le convaincre !

— Le notaire Dieulafoi, prononça Sylvie sans hésitation.

— C'est possible. C'est lui qu'on laisse le plus souvent seul. Il est à présent dans le jardin avec Philippe.

— Et les autres ?

— Un quart d'heure avant que je parte, le médecin a fait une injection à mon malade et, au lieu de jeter l'ampoule, l'a glissée dans sa poche. Il est resté ensuite un bon moment à prendre le pouls en disant :

» — Vous allez vous sentir mieux. Il est possible que cela ne dure pas et, si vous avez des dispositions à prendre...

— Tu es sûre qu'il a dit ça ?

— Oui. En regardant sa montre pour compter les pulsations.

— Et Omer ?

— T'ai-je dit qu'il a pleuré ?

— Quand ?

— Pendant que le prêtre lui administrait les derniers sacrements. Une larme ou deux qui ont jailli seulement de l'œil gauche, car le droit est mort. Nous voilà arrivées. Cela doit être ici. Il vaut mieux que tu ne te montres pas. Tu m'attends ?

Sylvie resta debout au coin de l'avenue Malakoff, tandis que Marie poussait le bouton de sonnerie de la pharmacie. Un long temps s'écoula avant que la porte s'ouvrît, et Sylvie entendit des voix, puis la porte qui se refermait. La Marie était entrée. Elle resta absente dix bonnes minutes. Quand elle revint, elle prononça :

— Marchons. Nous en avons pour une demi-heure, le temps d'exécuter la prescription. J'ai eu soin de téléphoner avenue Foch pour demander si je devais attendre.

— Qui t'a répondu ?

— La jeune Mme Besson.

— Qu'a-t-elle dit ?

— Elle est allée s'informer auprès de son mari. Je dois rester. Le pharmacien voulait que je m'installe dans son magasin et m'a offert un journal.

— Où en étais-tu ?

— Je ne sais plus. Attends. Je m'y perds un peu. Ah ! oui. Le docteur m'a fait sortir de la chambre avec lui, et nous avons rencontré Mme Besson qui semblait le guetter et à qui il a adressé un petit signe. Elle a immédiatement rejoint son mari, et je l'ai vue qui respirait un grand coup avant d'ouvrir la porte. C'est alors que le docteur a rédigé son ordonnance et m'a envoyée ici.

— Tu ignores si, ensuite, il est descendu rejoindre les deux hommes dans le jardin ?

— Je suis sûre que non. Au moment où je suis partie, il se dirigeait vers la bibliothèque, qui était vide.

Elles firent quelques pas en silence, puis la Marie prononça sur un ton d'autorité qui, un autre jour, aurait troublé Sylvie :

— Maintenant, c'est mon tour de te poser des questions, et je te préviens qu'il est inutile de mentir.

— Je ne t'ai jamais menti.

— Ni d'arranger la vérité ! Il y a combien de temps que tu étais avec lui ?

— Depuis l'été 1930. Plus exactement, si tu parles de l'appartement, depuis l'hiver.

— Et, avant, tu étais la maîtresse de son frère ?

— Tu le sais bien, puisque tu as lu les journaux.

C'était la période pendant laquelle Sylvie avait renoncé à jouer le rôle de dactylo. Elle n'était plus une des petites amies de Robert, elle était son amie, et elle avait, elle aussi, son appartement au *Claridge*, à un autre étage, afin de ne pas le gêner. Elle le suivait à Deauville, à Biarritz, à Cannes, selon la saison, et il arrivait que son nom paraisse dans un compte rendu.

— Le frère n'a rien dit quand tu l'as lâché pour Omer ?

— Nous nous sommes quittés bons amis. Ce soir, il est venu me voir.

— Pourquoi ?

Marie parlait comme si elle avait le droit d'interroger, et Sylvie ne pensait pas à s'en choquer.

— Pour me soumettre une proposition de la famille.

— De Mme Besson et de Philippe ?

— Oui. Je l'ai repoussée.

— Qu'est-ce qu'on t'offrait ?

— La moitié de la fortune, à la condition que je déchire le testament.

— Pourquoi n'as-tu pas accepté ?

— Parce que je veux tout.

Marie eut la même pensée que Robert, le même regard.

— Surtout la maison ?

— La maison aussi.

— Maintenant, je comprends mieux pourquoi ils s'agitent. Comment t'y es-tu prise pour avoir Omer ? Cela n'a pas l'air d'un homme à ça.

Il était malheureux.

— Tu en es sûre ?

— Certaine. Il avait alors cinquante-quatre ans, et Renée n'en avait que trente-six. Elle n'a jamais été belle, mais il l'aimait et il a eu la preuve qu'elle le trompait.

— Avec qui ?

— Raoul Néguin, un jeune médecin d'Évian, où les Besson faisaient une cure chaque année.

— Tu étais à Évian cette année-là ?

— Oui.

— Tu y es allée d'autres années ? Tu y étais allée avant ?

— Pas avant.

— Et après ?

— J'y suis retournée parce qu'Omer s'y rendait sur l'ordre de son médecin.

— Cette année-là, tu te trouvais à Évian par hasard ?

Sylvie ne se donna pas la peine d'hésiter.

— Pas par hasard.

— Tu savais ce que tu allais chercher ?

— Oui.

— Tu connaissais le docteur Néguin ?

— Je n'ai fait que le rencontrer au casino ou au bord du lac, et il ne m'a jamais adressé la parole.

— Comment as-tu su qu'Omer Besson était malheureux ?

— Parce qu'il s'est mis à fréquenter l'église chaque matin et qu'il s'y tenait la tête dans les mains.

C'est à peine s'il y eut de l'ironie dans la voix de Marie.

— De sorte que tu t'es mise à aller à l'église aussi.

— Oui.

— Puis vous avez couché ensemble ?

— Pas pendant les six premiers mois.

— Il ignorait que tu étais la maîtresse de son frère ?

— Je ne l'étais plus.

— Je comprends. Et tu dis que c'était en 1930 ? Cela fait presque vingt ans. Pendant vingt ans donc, tu as vécu dans l'appartement de la rue Pichat.

— C'est exact.

— Sans prendre d'amants ?

— Jamais.

— Pas une aventure ?

— Non plus.

— Si je comprends bien, vous viviez davantage comme mari et femme que comme amant et maîtresse. Vous sortiez ?

— De temps en temps, pour aller au cinéma, plus rarement pour dîner dans un restaurant des environs de Paris.

— Pourquoi n'a-t-il pas demandé le divorce ?

— Parce que cela ne se fait pas dans son milieu. Peut-être aussi parce qu'il est resté très catholique.

— Vous alliez ensemble à la messe ?

— Pas ensemble.

— Mais tu y allais ? À la même messe ?

— Oui. Jusqu'à dimanche dernier.

— Je crois qu'il est temps que je retourne chez mon pharmacien. Attends-moi.

Sylvie fronça les sourcils en regardant s'éloigner la silhouette presque grotesque de Marie dont le manteau flottait, mais elle s'efforça de chasser l'inquiétude qui se glissait en elle. Elle n'avait pas menti. Elle avait répondu franchement aux questions. Elle avait joué le jeu, comme avec le sort, et le sort, lui, jusque-là, avait payé.

— Ça y est ! Je pensais que ce seraient des pilules, mais il s'agit d'une bouteille. Il ne serait probablement pas capable d'avaler une pilule.

— Tu es toujours restée avec ton patron, toi ?

Marie laissa sèchement tomber :

— Non !

Puis, comme changeant d'idée :

— Tu oublies, ma fille, que j'avais au moins une bonne raison pour ne pas retourner aux *Caves de Bourgogne*. Non !

— Je te demande pardon.

— Ce n'est pas la peine.

— Qu'as-tu fait ?

— J'ai travaillé. Toujours du côté des Grands Boulevards, mais jamais bien loin de la République, rue Saint-Denis, rue Saint-Martin. Le plus loin que je suis allée, c'est le faubourg Montmartre, où je servais dans un restaurant à prix fixe. Un beau jour, ma mère est morte.

— Il y a longtemps ?

— Quinze ans. Au fait, ton frère Léon et deux de tes sœurs assistaient à l'enterrement.

Sylvie ne demanda pas ce qu'ils étaient devenus.

— Ton frère a travaillé un certain temps à l'arsenal, puis a épousé une fille qui avait un peu d'argent et a monté un garage. Quand j'y suis allée, il avait déjà deux enfants. Ils doivent être grands.

— Mais toi ?

La Marie marchait à nouveau trop vite, et c'était peut-être parce qu'elle avait toujours travaillé pour les autres, que son temps leur appartenait, qu'elle s'en sentait comptable.

— J'ai bien failli rester là-bas. Une petite épicerie était à vendre au coin de notre ancienne rue, où il existe maintenant plusieurs boutiques.

— Pourquoi es-tu revenue ?

— Je ne sais pas. J'étais habituée à la rue de Turenne et à ses alentours. Cela me manquait. Je me suis rendue aux *Caves de Bourgogne*, et les nouveaux propriétaires m'ont appris que les Laboine habitaient toujours la rue, en appartement. Tiens, juste à côté de la crémerie où je voulais te faire entrer. Ils m'ont bien reçue, sont allés acheter des gâteaux, et j'ai pris l'habitude de leur rendre visite. Je vais vite, car nous arrivons. D'ailleurs, cela n'a rien de passionnant. Je travaillais dans une brasserie où il y a un orchestre tous les soirs et j'avais repris une chambre à l'*Hôtel des Vosges.*

— La même ?

— Elle n'était pas libre. Mme Laboine est morte. Il y avait longtemps qu'elle se traînait et que c'était son mari qui faisait le ménage. Sa fille, son gendre et les enfants sont venus d'Amiens pour les obsèques et ont emmené M. Laboine avec eux. Il n'y est resté qu'un an. Il m'écrivait de temps en temps et je devinais que cela n'allait pas. Il avait l'impression qu'il gênait. Son gendre et lui n'ont pas les mêmes idées. Bref, il est revenu à Paris et a trouvé un logement place des Vosges. Il avait un peu d'argent. Il m'a proposé de tenir son ménage. À la fin, quand il est devenu infirme, je me suis installée dans l'appartement, et c'est tout. Cela me fait penser qu'il doit être malheureux de ne pas me voir. Il est devenu comme un enfant.

— Marie !

— Quoi ?

Elles étaient sur le point de se quitter, car il n'y avait plus que l'avenue Foch à traverser, et on apercevait entre les arbres les fenêtres de l'hôtel Besson.

— Je voulais te demander...

— Parle.

— Je ne sais plus. Rien. *Je compte sur toi.*

Elle reçut en plein visage le regard noir de la Marie, et l'aube proche qui éclaircissait déjà le ciel les faisait aussi blêmes l'une que l'autre.

— Je suis contente de t'avoir retrouvée.

C'était Sylvie qui avait dit ça d'une voix hésitante, et Marie ne fit que hausser les épaules sous son manteau.

— Si tu vois de la lumière dans ma chambre... murmura-t-elle en s'éloignant.

L'auto du notaire Dieulafoi ne stationnait plus devant la maison, et seule restait la voiture du docteur, dont, à présent, on distinguait la couleur verte. On aurait dit qu'il y avait encore plus de fenêtres éclairées que précédemment, que la maison entière était illuminée comme pour une fête.

Des camions passaient, chargés de légumes, qui, à travers le Bois de Boulogne, venant de la ceinture maraîchère, se dirigeaient vers les Halles.

La porte à clous s'était refermée sur Marie, qui devait gravir l'escalier monumental, passer devant le petit salon jaune du premier, à hauteur du grand lustre.

Sylvie ne se décidait pas à traverser l'avenue. Dans un autre quartier, elle aurait eu la chance de trouver un bistrot déjà ouvert. La clarté était suffisante pour l'empêcher d'aller s'asseoir sur un banc en face de ce que Robert appelait la citadelle.

C'était pourtant la maison où il était né, où il avait grandi. Omer aussi, qui était en train d'y mourir.

Elle ne pouvait plus supporter cette attente qui l'oppressait, elle avait hâte qu'il se passât quelque chose, et soudain ce fut, autour d'elle, partout au-dessus de sa tête, un concert surprenant : des milliers d'oiseaux s'étaient mis à chanter à la fois dans le feuillage qui s'animait.

Peut-être parce qu'elle était si lasse que ses jambes la portaient à peine, un trouble l'envahit, la nostalgie d'un monde impossible ou perdu, une sensation chaude et vague qui s'infiltrait en elle comme une paresse infinie et qui lui donnait tout à coup l'envie d'abandonner, d'en finir.

C'était tellement imprécis qu'elle ne se demandait pas avec quoi elle était tentée d'en finir. Avec tout, sans doute ?

Elle était fatiguée.

Elle aurait été capable de crier aux oiseaux invisibles : « Fatiguée ! »

Fatiguée à en mourir. Il y avait longtemps qu'elle allait, toute seule, debout, tendue, sans rien pour l'aider, pour la soutenir, vers un but qu'elle s'était fixé une fois pour toutes !

L'odeur de gin qui lui remontait à la bouche l'écœurait. Elle avait honte de boire. Elle n'avait commencé à boire que pour faire plaisir à Robert.

Jamais, de sa vie, ne fût-ce que pendant quelques minutes, elle n'avait fait ce qu'elle aurait aimé faire, jamais elle ne s'était détendue.

Avec Omer, elle devait se cacher pour prendre un verre et elle mâchait ensuite des clous de girofle ou des grains de café.

Elle avait tout accepté. Tout ce qui était nécessaire. Sans rechigner. Sans dégoût. En tout cas, sans jamais laisser voir son dégoût, sans l'admettre.

Pourquoi, maintenant, ajoutait-on méchamment des minutes aux minutes ?

Toutes ces lumières, aux fenêtres de l'hôtel qui ressemblait à un décor de théâtre, la narguaient. Elle était là, dehors, sur le trottoir comme une misérable, malgré son manteau de vison. Un homme qui sortait Dieu sait d'où s'arrêta et dut la croire malade. Elle devina son intention de lui offrir son aide et, très droite, entreprit de traverser l'avenue.

Il ne s'agissait pas de faillir à présent. Elle ne devait pas non plus rester dehors, où ce n'était pas sa place.

La tête haute, elle s'engagea dans la rue Pichat, s'arrêta devant la porte de sa maison, sonna. Les pierres des façades étaient déjà grises, d'un gris dur, comme elle, mais tout à l'heure, quand le soleil se lèverait, elles se teinteraient d'un rose léger. Le déclic de la porte fonctionna avec un bruit doux. Elle entra, prononça son nom d'une voix ferme et, comme si elle voulait encore ajouter à ses fatigues, dédaigna l'ascenseur et monta à pied les trois étages. Elle ne se rappelait pas avoir laissé les lampes allumées dans la plupart des pièces et faillit avoir peur. Elle laissa tomber son manteau sur une chaise de l'entrée, se dirigea vers sa chambre, où elle se versa à boire. Sa main tremblait. L'alcool qu'elle avalait à longs traits lui brûlait la gorge.

Elle avait besoin d'activité et n'avait rien à faire.

Elle pénétra dans le cabinet de toilette avec le fol espoir de trouver la lampe de Marie allumée, mais la seule fenêtre éclairée à l'étage des domestiques était celle de la cuisinière qui se levait déjà. Dans le tilleul du jardin aussi, les oiseaux chantaient, qu'elle ne se souvenait pas avoir entendus les autres jours, et elle se prit à les détester, se promit, en regardant la pelouse de haut en bas, qu'elle ne laisserait jamais traîner les fauteuils de l'été précédent. C'était sinistre. On aurait pu les croire occupés par des fantômes. Un soir, probablement après dîner, Omer avait occupé un de ces fauteuils pour la dernière fois et, à ce moment-là, il ne le savait pas encore.

Qu'est-ce qu'ils faisaient donc, Seigneur ? N'étaient-ils donc pas à bout de résistance, eux aussi ? Qu'étaient ces cachets que Renée avalait pour se remonter ? Elle se demanda si elle n'avait rien de ce genre dans sa pharmacie, déplaça des flacons, finit par se remettre à l'alcool.

Après, elle ne boirait plus. Elle n'en aurait plus besoin. La vie commencerait enfin, qu'elle avait si patiemment, si durement gagnée.

— Je les déteste ! Oh ! que je les déteste !

Cela lui faisait du bien de crier cela d'une voix vulgaire, et, pour un peu, elle se serait penchée à la fenêtre afin que les gens de là-bas l'entendent.

Elle était malade d'épuisement, d'impatience. Le gin ne lui faisait même plus d'effet. D'ailleurs, la bouteille était vide. Tout à l'heure, quand elle aurait le courage de détourner les yeux de la maison jaune, elle irait chercher une bouteille de cognac à l'office qui se trouvait à l'autre bout de l'appartement.

Elle n'avait plus l'habitude de marcher dans les rues, et ses pieds brûlaient ; elle envoya rouler ses souliers dans un coin de la pièce, resta sur ses bas dont l'un avait une échelle. Lorsqu'elle était jeune, elle ne possédait pas de pantoufles, elle était trop pauvre pour se payer des pantoufles. Cela lui faisait du bien, soudain, d'être à nouveau débraillée, elle fit exprès de rester en combinaison, de passer les doigts dans ses cheveux, et une mèche lui tomba sur le front.

Qu'est-ce qu'ils attendaient ? Est-ce qu'ils allaient oser guider la main morte d'Omer pour lui voler une signature ?

Souvent elle avait eu l'envie de tuer cette femme-là, qui allait et venait, digne et dolente, dans la grande maison, où elle s'obstinait à vivre. Il lui était arrivé de rêver ce meurtre et, ces fois-là, elle gardait toute la journée un front chargé, un regard qui fuyait.

Finiraient-ils par en arriver où ils voulaient ?

Elle détacha son soutien-gorge qui lui coupait la respiration, se souvint de la bouteille de whisky de Robert qui était restée dans la chambre, ne se donna pas la peine de changer de verre, se servit du sien, but le scotch sans eau, avec un haut-le-cœur.

Il y avait du soleil dans la rue où le service de la voirie ramassait les poubelles, deux hommes forts et calmes qui basculaient avec indifférence les récipients de fer dans leur camion.

Lolita n'allait pas tarder à descendre, non lavée, car elle avait l'habitude de venir se préparer une tasse de café avant de faire sa toilette.

Sylvie se vit dans un des miroirs de la chambre et se regarda fixement dans les yeux, avec l'air de se menacer elle-même. Elle avait envie de se rendre une fois de plus dans le cabinet de toilette, mais elle y résistait, elle n'avait plus le courage de subir de nouvelles déceptions, il valait mieux attendre. Elle entendit la porte s'ouvrir, les pas précipités de Lolita, surprise de trouver l'appartement éclairé, sa voix anxieuse.

— Madame est malade ?

Elle remarquait les bouteilles, bien sûr. Elle savait. Sylvie lui avait appris à préparer les cocktails. Mais c'était la première fois qu'elle trouvait sa patronne debout à sept heures du matin dans un désordre dramatique. Le lit n'était pas défait. Jamais la bouche de Sylvie n'avait été aussi molle, comme si elle allait vomir.

— Madame ferait mieux de se coucher.

Alors elle joua un petit jeu avec le destin.

— Lolita !

— Oui, madame.

— Va dans le cabinet de toilette. Regarde bien les fenêtres de la maison d'en face.

Avec Lolita, il n'était pas nécessaire de préciser.

— Tu connais les chambres de domestiques, au troisième.

— Oui, madame.

— Tu me diras si la dernière chambre à droite est éclairée.

Lolita sortit de la pièce, et Sylvie resta immobile, toujours devant la glace.

— Eh bien ?

Et la voix de la femme de chambre prononça simplement dans la pièce voisine :

— Oui, madame.
— Tu es sûre ?
— Oui, madame.
— Elle ne s'éteint pas ?
— Non, madame.

Elle ne bougea pas. Elle n'aurait probablement pas été capable de faire un pas. Elle fixait dans le miroir son image qui semblait mollir, et sa main pressait son sein gauche toujours plus fort, au point qu'à la fin ses doigts s'incrustaient dans la chair.

4

La valise de Marie

La Marie était debout dans l'encadrement de la porte, vêtue de noir, une plume-couteau à son chapeau, sa valise à la main.

— La patronne est là ? prononça-t-elle sans se donner la peine de regarder Lolita.

Et celle-ci n'avait même pas la ressource de refermer la porte, car la valise l'en empêchait.

— Madame dort. Elle n'a pas été bien de toute la nuit.

Comme si elle n'avait pas entendu, Marie, déposant sa valise près d'une chaise, s'engageait dans le corridor qui conduisait à la chambre à coucher. Elle était toute petite, ridicule avec son derrière disproportionné et ses vêtements de vieille fille, et pourtant Lolita n'osa pas se mettre sur son chemin, se contenta de la suivre des yeux.

Marie ne frappa pas, entra chez Sylvie, où le peu de jour qui se glissait entre deux rideaux était juste suffisant pour dessiner le contour des objets. Sylvie dormait, en chemise de nuit, les bras découverts, et, dans son sommeil, fronçait les sourcils comme si ses problèmes la poursuivaient.

Marie lui toucha l'épaule.

— Hé ! Sylvie !

Elle dut s'y reprendre à trois fois, la secouer ; Sylvie ouvrit enfin les paupières.

— C'est toi ? dit-elle d'une voix lointaine.

Le premier regard qu'elle avait lancé à Marie, alors qu'elle n'avait pas encore repris ses esprits, était aussi lourd qu'un orage de montagne, chargé de soupçons ou de rancune.

Se retournant d'un mouvement qui emportait les couvertures, elle tenta de se replonger dans le sommeil, et sa bouche donnait l'impression de mâcher de l'amertume.

— Sylvie ! Il faut que je te parle. Veux-tu t'éveiller ?

Assise au bord du lit, elle continuait à la secouer.

— Tu m'entends parfaitement. Tu le fais exprès.

Alors l'autre, geignante :

— Laisse-moi. Je suis malade.

— Tu as la gueule de bois.

— Je suis malade. Je veux dormir.

Soudain elle se dressait sur un coude, son visage changeait, elle était prise de panique.

— Il est bien mort, dis ?

— Oui.

Elle avait le corps moite d'une mauvaise sueur, le teint sale.

— Passe-moi quelque chose à boire.

— Je vais aller demander une tasse de café.

— Non. Pas du café. Il me tournerait sur le cœur. Il doit y avoir une bouteille par là. J'ai dit à Lolita de ne pas l'emporter.

Elle éprouva le besoin d'expliquer, comme si elle avait honte devant Marie, ou comme si celle-ci avait des droits sur elle :

— C'est la dernière fois, n'aie pas peur. Je n'en aurai plus besoin. Je suis vraiment malade.

— Tu bois le whisky pur ?

— Oui.

L'alcool la ranimait. Mais elle ne se sentit pas le courage de rester assise sur son lit et elle s'étendit à plat sur le dos. Avec hésitation, peureusement, comme si le moindre obstacle supplémentaire, maintenant, suffirait à l'abattre, elle questionna :

— Il n'y a rien de mauvais ?

— Plus à présent.

— Que veux-tu dire ?

— Tu m'écoutes ? Tu as la tête à toi ?

— Pourquoi me parles-tu durement ?

— Quand je suis rentrée avenue Foch, la nuit dernière…

Il y avait encore cette épreuve-là à passer. C'était indispensable. Sylvie, toute vide, le corps si sensible que le contact du drap lui faisait mal, serrait les dents pour tenir le coup.

— Va !

— Je ne peux pas te parler si tu as les yeux fermés comme une morte.

Elle les ouvrit docilement, fixa un point du mur.

— Quand je suis entrée, elle était encore dans la chambre, et personne ne s'est occupé de moi.

Marie ne comprenait pas que cela n'intéressait plus Sylvie.

— J'avais entendu la voix du docteur et de Philippe dans la bibliothèque. Il y a un fauteuil ancien, à très haut dossier sculpté, dans le corridor, et je m'y suis installée, presque en face de la chambre, et un long moment s'est écoulé avant que Mme Besson sorte en tenant un papier à la main.

» — Philippe ! a-t-elle appelé à mi-voix.

» Elle ne m'a même pas remarquée. Elle a dit à Philippe, qui se montrait à la porte de la bibliothèque :

» — Monte un instant dans ma chambre.

Les traits de Sylvie s'étaient à nouveau durcis, et sa main cherchait la bouteille vide.

— Continue.

— Cela t'intéresse ?

— Tu as retrouvé le papier ?

Elle était presque laide, ce matin-là, et depuis qu'elle s'était remise à boire, des plaques pourpres se dessinaient sur sa peau blême.

— Je l'ai trouvé.

— Il y avait vraiment un papier ?

— Tu en doutes ? Tu te figures que je mens ?

Elle n'osa pas insister, ne voulut pas non plus dire non.

— Je suis entrée dans la chambre presque en même temps que le docteur.

— Omer était mort ?

— Je ne crois pas. Sûrement pas, puisque, cinq minutes plus tard, alors que le médecin lui prenait le pouls, il y a eu une sorte de gargouillis dans sa gorge. J'ai pensé qu'il allait pleurer, mais c'était la fin.

— Pourquoi n'es-tu pas allée allumer tout de suite ?

— D'abord, parce que le docteur Fauchon m'a demandé de l'aider à faire la toilette.

— Tu t'y connais ?

— Oui.

— Les autres, là-haut, ne savaient pas encore ?

— Philippe est descendu le premier, puis est remonté, et enfin ils sont descendus tous les deux ; Mme Besson s'est évanouie, et il a fallu que je la soigne.

— Tu l'as soignée ?

— Oui.

— Elle était réellement malade ?

— Oui. Ils ont donné des coups de téléphone, j'ignore à qui, et j'attendais que la route soit libre pour monter.

— Afin de me prévenir ?

— De trouver le papier. Le frère s'est éveillé et est allé s'asseoir sans rien dire dans un coin de la chambre du mort. Ce n'est que vers six heures et demie, je ne sais pas au juste, que je suis parvenue à pénétrer dans la chambre de Mme Besson.

— Que faisait-elle pendant ce temps-là ?

— Elle se tenait dans la bibliothèque.

Tandis que Marie parlait, Sylvie disait dans sa tête : « Tu mens ! Tu mens ! »

Elle se trompait peut-être. Il était possible que tout cela eût existé réellement. N'était-ce pas à peu près ce qu'elle avait prévu ? Mais il y avait, dans l'attitude de Marie, dans sa voix monotone, quelque chose qui la gênait. Son calme, son insignifiance même lui apparaissaient soudain comme une menace. Elle ne put empêcher une certaine ironie de vibrer dans sa voix en demandant :

— Tu as mis la main sur le papier tout de suite ?

— Dans un tiroir de la commode, sous les bas de soie.

Sylvie tendit le bras.

— Donne.

— Je l'ai brûlé.

— Où ?

— Dans la chambre. J'avais peur de le garder sur moi. Ils auraient pu me fouiller.

Sylvie, la tête renversée sur l'oreiller, ferma à nouveau les yeux, ne bougea plus.

— Tu n'es pas en train de tourner de l'œil *aussi* ?

— N'aie pas peur.

— Tu es vraiment malade ?

— Oui.

— Tu veux que j'appelle le docteur ?

— Ce n'est pas la peine.

— Tu es encore inquiète ?

— Non.

— Tu crains que le papier ne soit pas détruit ?

Elle ne répondit pas.

— Tu peux fouiller ma valise et mes vêtements, si c'est cela que tu penses.

— Je ne pense rien. Tais-toi.

— Je croyais te trouver triomphante.

— Est-ce que je ne le suis pas ?

L'estomac, la tête lui tournaient, et elle avait mal dans les moindres parcelles de son corps.

— Ouvre les rideaux, veux-tu. Quelle heure est-il ?

— Dix heures.

Elle se leva, sans raison, quand le soleil pénétra dans la chambre et alla regarder dans la rue. Il n'y avait personne sur les trottoirs, où le soleil devait être déjà chaud. Une femme de chambre qui secouait des chiffons à une fenêtre d'en face avait les yeux fixés sur elle.

— Pourquoi as-tu attendu si longtemps ?

— Je guettais une occasion de sortir sans être remarquée. Le représentant des pompes funèbres est arrivé très tôt avec des catalogues. On m'a servi à déjeuner. J'ai pu profiter de ce que tout le monde était occupé pour descendre avec ma valise.

— Tu l'as ici ?

— Dans l'antichambre.

— Il y a un lit dans la pièce à côté du cabinet de toilette. Tu dois avoir sommeil.

Elle s'en voulut de sa sécheresse, ajouta :

— Merci, Marie.

— Il n'y a pas de quoi.

Une question lui brûlait les lèvres :

« Pourquoi m'as-tu aidée ? »

Elle n'osa pas la poser. Cela resterait toujours, elle le sentait, comme un domaine défendu.

— Si tu veux une tasse de café, demande à Lolita…

— Merci. Tu te recouches ?

— Oui. Je ne crois pas que je me lèverai de la journée.

Ni le lendemain, ni le jour d'après. Elle ne savait pas quand elle se lèverait. Plus tard ! Elle avait besoin de s'enfoncer dans la moiteur de son lit, de se vautrer dans sa sueur et dans sa solitude.

— Tu ne préfères vraiment pas que je reste près de toi ?

— Si j'ai besoin de quoi que ce soit, je sonnerai Lolita.

La bouche de Marie se pinça. Sylvie dormit près de quinze heures et, quand elle ouvrit les yeux, elle était dans l'obscurité. Elle sonna, angoissée. Ce fut Marie, en robe noire, qui entra, alluma les deux lampes de chevet.

— J'espère que tu vas manger un peu ?

— Où est Lolita ?

— Elle est montée se coucher.

— Quelle heure est-il ?

— Passé minuit. Je vais t'apporter à dîner.

— Non. Laisse. J'y vais.

Elle se traîna dans la cuisine, pieds nus, en chemise, ouvrit le frigidaire, trouva des sandwiches que Jeanne avait préparés avant de partir.

— Du café ?

— Si tu veux.

Marie fit bouillir de l'eau. Elle paraissait déjà connaître la place des objets dans l'appartement.

— Tu as dormi, toi ?
— Un peu.
— Tu es allée place des Vosges ?
— Non.

Quand elle eut mangé et bu son café, elle hésita à se servir un verre d'alcool devant Marie. Elles étaient retournées dans la chambre. La bouteille de whisky était toujours là, aux trois quarts vide.

— Tu peux, va ! Ne te gêne pas pour moi.
— Comment sais-tu que j'en ai envie ?

Marie se contenta de hausser les épaules, comme au temps de Fourras.

— Cela t'aidera à te rendormir. Comment te sens-tu ?
— Pas mieux.
— Il ne faut pas que tu voies le notaire ?
— Pas tout de suite. Laisse-les l'enterrer. Tu as lu le journal ? Tu sais quand cela aura lieu ?
— Vendredi à onze heures du matin.

Marie s'était encore assise au bord du lit, et Sylvie, qui avait si longtemps vécu avec elle, jadis, et qui avait partagé son lit, s'apercevait seulement que son amie avait une odeur qu'elle n'aimait pas.

— J'ai encore une question à te poser, prononçait la Marie, après quoi ce sera fini. Je te laisserai tranquille. Quand Besson a su, au sujet de l'amant de sa femme, c'était par toi ?

Robert n'avait-il pas deviné, lui aussi, et Renée, en face, de l'autre côté du jardin, ne l'avait-elle pas toujours su ? Sylvie dit oui, tranquillement, sans rougir, et Marie ne baissa pas les yeux, ne marqua aucune désapprobation.

— C'est tout ?

— C'est tout. Essaie de dormir.

Sylvie resta dans son lit jusqu'au dimanche et elle n'avait pas revu Lolita. Le vendredi matin, elle l'avait sonnée en vain. C'était Marie qui était venue.

— Où est Lolita ?

— Elle est partie.

— Tu veux dire qu'elle est partie pour de bon ? Tu l'as mise à la porte ?

— Je ne lui ai rien dit. Je crois qu'elle ne m'aimait pas.

— Tu n'es toujours pas allée place des Vosges ?

— Je suis allée chercher mes affaires.

— Et M. Laboine ?

— La vieille fille qui s'occupe de lui continuera. De toute façon, il n'en a pas pour très longtemps.

Marie était calme, sûre d'elle.

— Je vais à l'enterrement et je te raconterai.

— Cela ne m'intéresse pas.

— Moi, cela m'intéresse. Tu te lèves ?

Sylvie attendit qu'elle fût partie pour demander à Jeanne une nouvelle bouteille et il lui sembla que la cuisinière avait envie de lui parler, mais n'osait pas. Elle préféra ne pas la questionner.

Ce fut la première bouteille que Sylvie cacha dans sa chambre, au fond du placard, et cela devint une habitude. Elle buvait devant Marie, mais pas autant qu'elle en avait envie, elle n'aurait pas pu dire

212

pourquoi, et il lui arriva de se relever la nuit pour avaler une gorgée à même le goulot.

Même quand elle fut persuadée que la Marie savait, elle continua.

5

Les fauteuils dans le jardin

Les formalités avaient duré jusqu'à la fin de juillet, et la plupart des immeubles de l'avenue Foch avaient leurs persiennes closes dans le chaud soleil. En tout, Sylvie n'était pas sortie dix fois, toujours pour des rendez-vous indispensables. Ces jours-là, elle prenait un bain, faisait sa toilette avec soin, et le maquillage cachait la fatigue de son teint, la légère bouffissure de sa chair. Elle devait être restée belle, puisque les hommes se retournaient sur elle et que, dans les bars où elle s'arrêtait en passant, on lui avait adressé plusieurs fois la parole.

Malgré la brièveté presque ridicule du trajet, on avait chargé une grande voiture jaune de déménagement, et, pendant que Jeanne achevait de nettoyer l'appartement, Sylvie et Marie étaient parties à pied. Sylvie avait tiré la clef de son sac, l'avait enfoncée sans émotion dans la serrure, puis, de l'épaule, avait poussé la porte à clous.

Il n'y avait personne dans la maison, où la plupart des portes étaient ouvertes, et c'était Marie qui, à mesure qu'elles avançaient, écartait les persiennes.

Sylvie allait machinalement devant elle, le regard étrange, comme si elle marchait dans un monde irréel. Les Besson n'avaient emporté que leurs biens personnels, et la plupart des meubles étaient là, les tapis, les tableaux, des portraits représentant des inconnus.

— Tu ne regardes pas ?

Elle monta l'escalier monumental, et, au premier, la porte de la chambre au lit à colonnes où Omer était mort était ouverte aussi.

— C'est ici que tu t'installes ?

Elle fit signe que non. Elle montait toujours, s'arrêtait enfin devant la chambre de Renée, dont les meubles avaient disparu. Ici, les tableaux avaient été décrochés, laissant des traces plus claires sur le papier des murs.

— Tu prends celle-ci ?

— Oui. Tu y feras monter mes meubles.

— Et moi ?

— Tu as le choix, non ? Ce ne sont pas les chambres qui manquent.

Plus tard, Sylvie devait se rappeler que les prunelles de la Marie s'étaient rapetissées, ce qui était toujours un signe.

— Où vas-tu ?

— Ils ont dû laisser les bouteilles dans la cave. Elles figurent à l'inventaire.

Son notaire était encore venu la veille, avait insisté en vain pour les accompagner aujourd'hui. Elle lui avait demandé du bout des lèvres :
— Où sont-ils ?
— À Évian, comme tous les ans.
Ce midi-là, pendant que les déménageurs travaillaient, elles avaient mangé toutes les deux des viandes froides que Marie était allée acheter dans le quartier. Jeanne, la cuisinière, n'était arrivée que vers le milieu de l'après-midi pour prendre possession de son domaine, dont elle regardait l'étendue d'un air perplexe, et elle avait insisté, une fois de plus, pour continuer à coucher chez elle.

À huit heures, Sylvie était étendue sur son lit, celui de la rue Pichat, dans l'ancienne chambre de Renée, et profitait de ce que Marie avait quitté un instant la pièce pour boire le quart d'une bouteille.
— Qu'est-ce que tu as à me regarder comme ça et à renifler ?
Elle avait déjà bu du vin pendant son dîner, des cocktails avant.
— Je n'ai rien. Cela ne me regarde pas.
— Qu'est-ce qui ne te regarde pas ?
— Tu ferais mieux de te déshabiller. Tu es en nage.
— Comment va M. Laboine ?
— Mal.
— Tu n'as pas envie de le veiller ?
— J'irai le voir un de ces jours.
Mais elle n'y alla pas. Une force mystérieuse l'empêchait de s'éloigner de Sylvie, et on aurait

parfois dit qu'elle s'attendait, si elle avait l'imprudence de la quitter, à ne plus retrouver sa place au retour.

— Dors bien, pour ta première nuit dans ta maison.

Il n'y avait qu'elles deux dans l'immensité de l'hôtel dont elles ne connaissaient pas encore toutes les pièces, et, peureusement, Marie avait choisi une chambre qui n'était qu'un débarras, tout à côté de Sylvie.

Deux ou trois fois, cette nuit-là, elle vint écouter à sa porte, et une des deux fois elle entendit son ancienne amie qui parlait toute seule d'une voix monotone, crut reconnaître, un instant plus tard, le choc d'un verre contre une bouteille.

Le lendemain, elle employa un mot de jadis.

— Éveille-toi, ma vieille !

Et Sylvie la regarda longuement entre ses cils mi-clos.

— Qu'est-ce que tu veux ?
— Ton café est servi.
— Tu as déjà déjeuné ?
— Oui.
— Jeanne est en bas ?

Marie mettait de l'ordre dans la pièce, où elle allait et venait à petits pas précis et décidés. Et, quand Sylvie, sortant du bain, s'assit devant son miroir, elle s'approcha, l'air mystérieux, saisit le peigne d'une main, les cheveux blonds de l'autre.

— Tu te souviens ? dit-elle simplement.

Gênée, Sylvie murmura :

— C'était pour jouer.

— Toi, peut-être !

Était-ce encore la peine de poser la fameuse question : « *Pourquoi as-tu... ?* »

À quoi bon ? C'était fini. Elles étaient arrivées au bout.

Comme Sylvie remuait les lèvres, parce qu'elle se sentait la bouche pâteuse, Marie prononça de sa voix paisible, sa voix de litanies :

— Laisse-moi finir. Tu boiras après.

Il y eut l'automne, puis l'hiver.

On ne changea rien dans la citadelle et on ne rentra pas les fauteuils du jardin où, tout l'été, ils restèrent à la même place.

Une semaine que Sylvie était réellement souffrante, Marie avait apporté son lit dans sa chambre, et on ne parlait plus de l'en retirer, la vie coulait, paresseuse et grise, un peu sale, avec parfois des mots cruels, quand Sylvie avait trop bu, des bouderies qui duraient plusieurs jours mais qui n'empêchaient pas Marie, chaque matin, de peigner longuement ses cheveux.

Périodiquement, il lui arrivait de murmurer avec comme une joie secrète :

— Avoue que tu me détestes !

— Non.

— Ça ne fait rien. Tu peux le dire. Je ne m'en irai quand même pas.

Une fois, Sylvie avait questionné à son tour :

— Tu n'es pas dégoûtée, toi ?

La Marie n'avait pas jugé utile de répondre.

Le monde s'était réduit à l'hôtel de l'avenue Foch et, de l'hôtel même, il ne restait plus qu'une chambre où une femme buvait en évitant les regards de l'autre et où, le soir, dans leur lit, elles épiaient leur souffle comme si elles avaient peur de se perdre.

Shadow Rock Farm, Lakeville (Connecticut),
17 août 1951.